W0374658

Albert Hofmann

Tun und Lassen

Essays, Gedanken und Gedichte

Albert Hofmann

Tun und Lassen

Essays, Gedanken und Gedichte

NACHTSCHATTEN VERLAG

Impressum

Verlegt durch:

Nachtschatten Verlag AG
Kronengasse 11
CH-4502 Solothurn
info@nachtschatten.ch
www.nachtschattenverlag.ch

© 2011 Erbengemeinschaft Albert Hofmann
© 2011 Nachtschatten Verlag AG

Umschlaggestaltung, Grafiken & Layout: Janine Warmbier, Hamburg
Lektorat: Nina Seiler, Zürich
Herstellung: Druckerei & Verlag Steinmeier, Deiningen
Printed in Germany

ISBN 978-3-03788-242-9

Dieses Buch wurde durch Christian Rätsch und Roger Liggenstorfer 1998 in Zusammenarbeit mit Albert Hofmann entworfen. Albert Hofmann entschied jedoch, das Buch ‚Einsichten – Ausblicke' zuerst zu veröffentlichen.

Die Aphorismen auf den Seiten 10, 36 und 76 stammen aus persönlichen Gesprächen und Notizen Albert Hofmanns.
Die Gedichte entstammen dem Essayband „Einsichten – Ausblicke" (2003).

Alle Rechte der Verbreitung durch Funk, Fernsehen, fotomechanische Wiedergabe, Tonträger jeder Art, elektronische Medien und auszugsweiser Nachdruck sind vorbehalten.

Inhaltsverzeichnis

Die Spirale

Im unendlichen Nichts
ein imaginärer Punkt
ist Anfang jeder Spirale:
der Spirale
der Galaxien
des Ammoniten
der Doppelhelix

Ins Endlose führt
im Geist die ideale Spirale
Im Räumlich-Zeitlichen aber
sind alle Spiralen begrenzt
sind abgebrochen
doch weisen sie auch
ins Unendliche

Vorwort

„Wir sind hier, um Freude zu empfinden“ antwortete Albert Hofmann gerne, wenn er nach dem Sinn des Lebens gefragt wurde. Seine Antwort klingt so einfach und leicht, wie der sokratische Imperativ „Erkenne Dich selbst!“...

Es gehörte zu den Stärken und Charakteristika Albert Hofmanns, seine philosophischen Aussagen knapp, mit einfachen, aber gewichtigen Worten und einer geradezu spielerischen Leichtigkeit zu formulieren. So ist auch der Titel der vorliegenden Sammlung von Aphorismen, Gedichten und Artikeln, „Tun und Lassen“, entwaffnend einfach und komplex. Mit diesen Worten beginnt ein Gedicht, das Albert Hofmann 1993 geschrieben und an seine engsten Freunde verschickt hat.

Der mystische Naturfreund hatte ein offenes Auge für die haeckelschen „Kunstformen der Natur“. Als Schauender, nicht als Betrachter, erkannte er das universale Gestaltungsprinzip der Natur. Die Variationen der Spirale erschaute er begeistert in selbst gesammelten Ammoniten und den betörend schönen Schalen von Meeresschnecken. Er liebte vor allem die Japanische Kaiserschnecke (*Pleurotomaria hirasei*) und das rote Tritonshorn (*Cymalium hepaticum*).

Die Spirale erkannte er ebenfalls als geistiges Prinzip, als verbindendes Element von Materie und Geist, von Natur und Kultur, als seinsformende Kraft, als Weisung ins Unendliche, wie sein Gedicht „Die Spirale“ erkennen läßt.

Für den Naturwissenschaftler Albert Hofmann war die Natur, vor allem die Materie das Mysterium. Gerne drückte er es so aus: „Wenn ein Chemiker kein Mystiker wird, ist er auch kein Chemiker." Naturwissenschaft als mystische Erfahrung. Hohen Wert maß er dem „Zufall" zu ...

Das letzte Mysterium, der „große Übergang", eben der Tod, war für ihn ein natürliches Phänomen. Die Antwort auf die Frage, was der Tod sei, konnte auch er nur erahnen. Inzwischen ging er hinüber. Für ihn ist alles klar. Für uns bleibt er noch ein Mysterium.

Christian Rätsch
Hamburg, am 11. September 2011

Tun und Lassen

Tun und *Lassen* sind mit der Zeit verbunden
haben Vergangenheit und Zukunft
in der materiellen Welt

Liebe und *Freude* sind das zeitlose Nichts
aus dem die Welt erschaffen ward
und stets neu erschaffen wird

Durch *Liebe* und *Freude* sind wir
Jeder einzelne *Mensch*
mit dem *Schöpfer* verbunden

und werden so selbst schöpferisch
in der materiellen Welt
mit unserem *Tun* und *Lassen*

Kunstformen der Natur sind Träume der Materie

Planung und Zufall in der pharmazeutisch-chemischen Forschung

Die nachfolgenden Ausführungen über die verschiedenen Wege, auf denen neue Arzneimittel entwickelt werden, über die Möglichkeiten, die darin der Planung, dem zielgerichteten Forschen offen stehen, und über die Rolle, die dabei der Zufall spielt, sind weniger für Kollegen aus der Pharma-Forschung gedacht, für die das selbstverständliche Gegebenheiten sind, als vielmehr für einen breiteren Leserkreis. Von hier wird dem Pharma-Chemiker mit Bezug auf die komplizierte chemische Formel eines Medikamentes oft die Frage gestellt: Wie ist man auf einen Stoff mit einem solchen chemischen Bau gekommen? Wie hat man wissen können, dass eine solche Verbindung diese therapeutische Wirkung haben könnte? – Darauf ist zu antworten: Das hat man nicht zum voraus gewusst; das wurde erst am Menschen, am Krankenbett festgestellt, nachdem pharmakologische Befunde im Tierversuch eine Prüfung am Menschen hatten sinnvoll erscheinen lassen.

Man weiß nicht, *warum* einer bestimmten chemischen Struktur eine bestimmte pharmakologische Wirkung zukommt. Mit einem enormen Forschungsaufwand hat man untersucht, und weltweit wird mit immer raffinierteren und immer teureren Methoden und Apparaturen untersucht, wie, über welche biochemischen und elektrophysiologischen Mechanismen bekannte Pharmaka ihre Wirkungen entfalten, an welchen Strukturen des Organismus sie angreifen, und es hat sich schon ein beeindruckendes Wissen um solche Wirkungsmechanismen angesammelt. Man weiß heute von vielen Medikamenten, wie, auf welche Weise sie wirken, aber man weiß nach wie vor nicht, *warum* sie so wirken. Man kennt keine gesetzmäßigen Zusammenhänge zwischen dem chemischen Bau einer

Substanz und ihren pharmakologischen Wirkungen. *Alles Wissen von Beziehungen zwischen chemischen Strukturen und pharmakologischen Wirkungen beruht letzten Endes auf Empirie.*

Woher stammt nun aber dieses empirische Wissen? Wie wurde es erworben? Es hat viererlei Ursprung: 1. Es entstammt alten Quellen der Volksmedizin, ist das Resultat der Untersuchung der Wirkstoffe von Medizinalpflanzen; 2. es ist das Resultat moderner biologischer Forschung, der Untersuchung physiologischer Wirkstoffe; 3. es ist das Resultat eines pharmakologischen Screenings einer sehr großen Zahl von synthetischen Verbindungen und von Naturstoffen; 4. es stammt aus der Beobachtung von Arzneimittelwirkungen am Krankenbett.

Arzneipflanzen-Forschung

Zuerst einige Bemerkungen zur erstgenannten Quelle. Bis vor etwa 100 Jahren waren fast alle Medizinen pflanzlicher Natur; weniger wurden aus tierischen Organen bereitet oder waren mineralischer Natur. Die berühmten Ärzte des Altertums, des Mittelalters, der Renaissance waren alle große Kräuterkundige. Asklepios, der mythische Stammvater des Ärztestandes, wurde auf den kräuterreichen Berg Pelion vom Kentaur Chiron in die Heilpflanzenkunde eingeführt. Der Arzneimittelschatz war bis zum Aufkommen der pharmazeutischen Chemie in umfangreichen Kräuterbüchern und Pharmakopoeen enthalten, die ihrerseits auf Kräuterbüchern des Altertums beruhten, vor allem auf denen des Dioskurides aus dem 1. Jahrhundert n. Chr. und des Galen aus dem 2. Jahrhundert n. Chr.

Wem hat man das darin enthaltene Wissen von den Wirkungen bestimmter Pflanzen zu verdanken? Es sind unbekannte, namenlose Entdecker. Sei es, dass dieses Wissen bei der Nahrungssuche im Pflanzenreich empirisch zustande kam, oder wie vielfach angenommen wird, dass der ursprüngliche Mensch dank instinktartiger Fähigkeiten in der Lage war, die Heilkräfte in Pflanzen zu erkennen und zu nutzen. Auf dieses Wissen konnte am Beginn der wissenschaftlichen, chemischen Pharmazie zurückgegriffen werden, auf diesem Wissensschatz wurden und werden immer noch Forschungsprojekte aufgebaut.

Das Wissen von den narkotischen, schmerzstillenden Wirkungen des Mohnsafts veranlasste den Apotheker Sertürner, nach dem wirksamen Prinzip zu suchen, was zur Entdeckung des Morphins führte. Aus vielen anderen Arzneipflanzen wurden in der Folge durch zielgerichtetes Suchen nach dem wirksamen Prinzip zahlreiche Alkaloide und stickstofffreie Substanzen in reiner Form isoliert. Auf diese Weise sind wertvolle Heilmittel gefunden worden, sei es, dass die genuinen Naturstoffe oder chemischen Modifikationen derselben Eingang in den Arzneimittelschatz gefunden haben.

Als Beispiele seien hier nur genannt: Morphin, Atropin, Chinin, Digitoxin, Ergotamin, Reserpin usw. Diese ehemals ergiebige Quelle neuer, wertvoller Pharmaka ist, nachdem die wichtigsten der altbewährten Arzneipflanzen inzwischen untersucht worden sind, heute weitgehend erschöpft.

Natürlich bedurfte es zur Entwicklung zum Medikament noch der Pharmakologen, die die vom Chemiker isolierten oder chemisch abgewandelten Wirkstoffe im Tierversuch auf Wirkung und Toxizität testeten, und der klinischen Forschung, der Ärzte, die die von den Pharmakologen vorselektionierten Wirkstoffe am Menschen prüften und die richtigen Indikationen und Dosierungen festlegten.

Als Chemiker möchte ich mich, wie der Titel dieses Aufsatzes anzeigt, in meinen Ausführungen auf den *chemischen* Teil der Pharma-Forschung beschränken, an der Biologie, Physiologie, Pharmakologie und Medizin ihren entsprechenden Anteil haben.

Physiologische Wirkstoffe

Nun zu der hier an zweiter Stelle angeführten Quelle von Medikamenten, den physiologischen Wirkstoffen. Auch hier muss der Chemiker für seine Arbeit von einem Ausgangsmaterial ausgehen, dessen Wirkungen schon bekannt sind. Im Unterschied zu den Verhältnissen bei den Arzneipflanzen stammt dieses Wissen von bestimmten Wirkungen nicht aus alten Quellen, sondern es ist das Produkt neuzeitlicher biologischer Forschung.

Hier haben Physiologen und Pharmakologen durch die Untersuchung der Funktionen von Drüsen und Organsystemen, auch von Mikroorganismen, die Grundlagen für die chemische Forschung geschaffen. Als Beispiele seien die Untersuchungen erwähnt, die zur Isolierung des Insulins, des Adrenalins, der Sexualhormone, der Hormone der Nebennierenrinde, der Hypophyse usw. geführt haben, aus denen wertvolle Heilmittel entwickelt wurden. Auch die Entdeckung und Isolierung der Vitamine und auch des Penicillins sind Ergebnisse dieser Richtung der Pharmaforschung.

Durch stets verfeinerte Methoden und ein verfeinertes Instrumentarium dringt man heute immer weiter und tiefer in den Biochemismus von Drüsen, Organen und Organteilen ein. Sobald diskrete Wirkungen lokalisiert sind, ist es dann die lohnende Aufgabe des Chemikers, den physiologischen Wirkstoff zu isolieren, ihn strukturell aufzuklären und, wenn möglich, zu synthetisieren und chemisch abzuwandeln.

Das ist gegenwärtig wohl die wichtigste, aussichtsreichste Forschungsrichtung, um zu neuen, möglicherweise als Heilmittel verwendbaren Wirkstoffen zu gelangen. Als aktuelles Beispiel sei hier nur die kürzlich erfolgte Entdeckung neuer Hirnfaktoren, der analgetisch wirksamen Peptide vom Endorphin-Typ, angeführt. Die aus dieser Forschungsrichtung stammenden Medikamente haben zudem den positiv zu bewertenden Charakter von dem Körper vertrauten physiologischen Wirkstoffen.

Diesen beiden besprochenen Wegen zu neuen Medikamenten ist gemeinsam, dass von einer bekannten Wirkung ausgegangen wird, zu der dann die zugehörige chemische Struktur durch Isolierung und Strukturaufklärung des Wirkstoffes ermittelt wird.

Pharmakologisches Screening

Der prinzipiell andere Weg, bei dem man von einer bekannten Struktur ausgeht und dann die zugehörende Wirkung sucht, wird in der Synthetika-Forschung beschritten, die als dritte Möglichkeit, um zu Struktur-Wirkungs-Beziehungen zu gelangen, hier angeführt ist.

Der Chemiker in der Synthetika-Forschung hat zwei Möglichkeiten des Vorgehens, die sich nach dem Screening-Programm, in dem er arbeitet, richten. Ist er im Rahmen eines allgemeinen Screening-Programms tätig, das alle möglichen, pharmakologischen, biologischen und mikrobiologischen Teste umfasst, dann sind seiner Phantasie für die Synthese neuer Verbindungen keine Grenzen gesetzt. Er wird möglichst viele neue, chemisch originelle, oder zumindest pharmakologisch noch nicht geprüfte Substanzen synthetisieren. Er hat keine Ahnung, ob und wie seine Substanzen wirken werden. Es ist das reine Glücksspiel, ob etwas Brauchbares im Netz des pharmakologischen Screenings hängen bleibt. Volltreffer in Form eines neuen Struktur-Wirkungstyps, wie die 1,4-Benzodiazepine mit Librium als erstem Vertreter, sind selten, aber möglich.

Viel häufiger als allgemeine Screening-Programme sind aber zielgerichtete Programme, in denen nur auf bestimmte Wirkungen geprüft wird, z. B. Kreislauf, psychotrope Wirkungen, blutzuckersenkende Wirkung usw. Der Chemiker, der in einem solchen gezielten Projekt tätig ist, kann nicht mehr frei synthetisieren. Er muss sich auf die Herstellung von Substanzen beschränken, von denen die im betreffenden Projekt anvisierte Wirkung erwartet werden könnte, auf Strukturen, von denen er aus der Fachliteratur entnommen hat oder aus eigener Erfahrung weiß, dass sie solche Wirkungsqualitäten besitzen. Von diesen wird er pharmakologisch noch nicht geprüfte Modifikationen herzustellen versuchen. Originelle neue Struktur-Wirkungs-Typen sind aus dieser Forschungsrichtung weniger zu erwarten, hingegen Verbesserungen von bestehenden Medikamenten.

Beobachtungen am Krankenbett

Und nun noch zur vierten hier aufgeführten Quelle empirischen Wissens von Arzneimittelwirkungen: Beobachtungen am Patienten.

Alle neuen Wirkstoffe, deren pharmakologische Aktivitäten auf einem der unter 1. bis 3. aufgeführten Wegen entdeckt worden sind, haben, bevor sie als Medikamente in den Arzneimittelschatz aufgenommen werden können, noch eine letzte, entscheidende Hürde zu nehmen: Sie müssen sich am Krankenbett als *Heilmittel* bewähren. Da aber die pharmakologischen Wirkungen der gleichen Substanz von Spezies zu Spezies meistens stark variieren, tritt am Menschen sehr oft ein anderes als das im Tierversuch ermittelte Wirkungsbild in Erscheinung.

Zu der Nichtvoraussagbarkeit der Wirkungen einer Substanz am biologischen Objekt auf Grund ihrer chemischen Struktur kommt noch die Nichtvoraussagbarkeit ihrer Wirkungen am Mensch auf Grund ihres Wirkungsbildes im Tierversuch.

Das hat zur Folge, dass nur ein sehr kleiner Prozentsatz der in klinische Prüfung gelangenden Versuchspräparate sich am Menschen therapeutisch bewährt.

Die behördlichen Anforderungen, die an ein Versuchspräparat gestellt werden, bevor es klinisch geprüft werden darf, sind in den letzten Jahren enorm gestiegen. Grund dafür waren Vergiftungsfälle, der schlimmste die Thalidomid-Affäre, die aber meistens nicht durch schuldhaftes Vorgehen verursacht wurden, sondern auf die nur bedingte Übertragbarkeit pharmakologischer Wirkungen, und damit auch der Toxizität, vom Tier auf den Menschen zurückzuführen waren. Die umfangreichen Daten über Wirkungen an *verschiedenen* Tierspezies, über Metabolismus und Toxizität, die vorgelegt werden müssen, bevor ein Präparat für die klinische Prüfung freigegeben wird, verteuern den präklinischen Forschungsaufwand ins kaum mehr Tragbare, reduzieren die Zahl der Wirkstoffe, die am Menschen geprüft werden können und damit die Chancen für die Auffindung neuer Medikamente. Aber alle noch so umfangreichen Vorversuche am Tier vermögen schädliche Nebenwirkungen am Menschen nicht mit Sicherheit auszuschließen.

Die Überraschungen bei der klinischen Prüfung von Versuchspräparaten sind aber nicht immer negativ. Viele wertvolle Arzneimittelwirkungen sind erst am Krankenbett entdeckt worden. Bei der klinischen Prüfung kamen andere, aber nicht minder wertvolle therapeutische Eigenschaften zum Vorschein, als aufgrund des im Tierversuch ermittelten pharmakologischen Wirkungsbildes zu erwarten gewesen war. Oder, was noch öfters der Fall war: An Medikamenten, die für bestimmte Indikationen bereits in die Therapie eingeführt waren; wurden in der Praxis noch andere wertvolle therapeutische Wirkungen entdeckt.

Dazu einige Beispiele:

- Isopropyl-isonicotinsäure-hydrazid (Iproniazid), eine Substanz, die aufgrund ihrer bakteriostatischen Wirkung als Tuberkulostatikum in die Therapie eingeführt worden war, entpuppte sich in der Praxis auch als Antidepressivum. Ein Arzt beobachtete, dass die lungenkranken Patienten, die mit diesem Mittel behandelt wurden, auffallend munter waren. Auch die antidepressive Wirkung des Imipramins wurde am Krankenbett entdeckt.

- Hydergin®, ein Medikament aus der Mutterkorngruppe, wurde auf Grund des pharmakologischen Wirkungsspektrums zuerst als Antihypertensivum und peripherdurchblutungsförderndes Medikament in die Therapie eingeführt. In der Praxis fiel das Präparat dann aber vor allem durch seine mildernde Wirkung auf geriatrische Beschwerden auf und findet heute vor allem als Geriatrikum Anwendung.

- Und ein weiteres Beispiel: Die blutzuckersenkende Wirkung der Aryl-sulfonyl-alkylharnstoffe vom Typ Tolbutamid wurde an einem Vertreter dieser Stoffklasse bei der klinischen Prüfung als Chemotherapeutikum beobachtet.

Diese Nichtvoraussagbarkeit, die Unmöglichkeit, rational chemische Strukturen mit bestimmten pharmakologischen, geschweige denn therapeutischen Wirkungen zu entwerfen, die Unmöglichkeit eines sogenannten „drug design“, setzt der Planung in der Pharmaforschung ihre Grenzen. In dem Maß aber, wie die Planungsmöglichkeiten begrenzt sind, sind die Tore offen für den Zufall. Untersucht man jedoch die als Zufallsentdeckungen in der Pharmaforschung beschriebenen Ereignisse genauer, dann wird man feststellen, dass es sich dabei meistens nicht um reinen Zufall gehandelt hat, sondern um das, wofür es in der englischen Sprache den Begriff *serendipity* gibt. Er wurde vom englischen Schriftsteller Horace Walpole 1754 eingeführt. Walpole kam auf diesen Vorschlag bei der Lektüre des Märchens: „Die drei Prinzen von Serendip". Serendip ist der antike Name für Ceylon. Es ist dort von Herrschaften die Rede, die auf ihren Entdeckungsreisen andere Dinge fanden, als sie suchten, sei es durch Zufall oder Aufmerksamkeit. Wenn Imipramin als Neuroleptikum und Iproniazid als Tuberkulostatikum geprüft werden, dabei aber ihre antidepressive Wirkung entdeckt wird, ist das kein Zufall, sondern *serendipity*, wozu immer aufmerksame Beobachtung gehört. Auch Pasteur kann hier zitiert werden, von dem der Satz stammt: „Dans les champs de l'observation le hasard ne favorise que les esprits préparés."

Ich komme nun zum zweiten Teil meiner Ausführungen, in denen das Gesagte mit Erfahrungen aus meiner eigenen beruflichen Laufbahn illustriert werden soll.

Beispiele aus der Sandoz-Forschung

Ein Beispiel eines Forschungsprogramms, das ganz dem hier unter Punkt 1 angeführten Vorgehen entspricht, war der Arbeitsplan, den Professor Arthur Stoll der von ihm neu gegründeten pharmazeutischen Abteilung der Sandoz im Jahr 1917 zugrunde legte: aus bewährten Arzneipflanzen die wirksamen Prinzipien in reiner, unversehrter Form zu isolieren, um sie dann als mit der Waage genau dosierbare Reinsubstanzen in stabiler Form dem Arzt zur Verfügung zu stellen. Dazu wurden von Stoll und seinen Mitarbeitern neue, schonende Isollerungs- und Reinigungsmethoden entwickelt.

Zwei Drogen, die gleich zu Beginn in Bearbeitung genommen wurden, waren das Mutterkorn *(Claviceps purpurea)* und die Meerzwiebel *(Scilla maritima)*. Die Meerzwiebel wurde schon von den alten Ägyptern als Mittel gegen Wassersucht verwendet. Die Anwendung von Mutterkorn als wehenförderndes Mittel durch die Hebammen ist schon seit dem Mittelalter bezeugt. Über den Charakter der Inhaltsstoffe dieser Drogen lagen widersprüchliche Angaben vor.

Ein natürliches Mutterkornalkaloid, Ergotamin (Gynergen®)

Es gelang Stoll bald, ein kristallisiertes Alkaloid aus Mutterkorn zu isolieren, das er Ergotamin nannte. Ergotamin war das erste chemisch einheitliche Alkaloid aus dieser Droge. Ein amorphes Alkaloidpräparat war schon 1906 von den Engländern Barger und Carr isoliert worden, das die Autoren Ergotoxin nannten, weil seine pharmakologischen Eigenschaften eher toxischen Charakter besaßen. Ergotamin hingegen zeigte die der Volldroge zugeschriebenen Wirkungsqualitäten: kontrahierende Wirkung auf die Gebärmutter und eine dämpfende Wirkung auf das sympathische Nervensystem. Ergotamin fand unter der Markenbezeichnung „Gynergen" Eingang in die Gynäkologie als Medikament zur Stillung von Nachgeburtsblutungen und in die Innere Medizin als Sympathikolytikum und zentral dämpfendes Mittel. Das Mutterkornproblem schien gelöst. 1932 stellte jedoch der englische Frauenarzt Moir fest, dass wässerige Extrakte von Mutterkorn eine starke uterotone

Wirkung entfalteten, was nicht auf den Gehalt an Ergotamin zurückgeführt werden konnte, da dieses Alkaloid praktisch wasserunlöslich ist. Drei Jahre später wurde unabhängig in vier verschiedenen Laboratorien, darunter auch bei Sandoz, dieses wasserlösliche, spezifisch auf die Gebärmutter wirkende neue Mutterkornalkaloid isoliert, das in England als Ergometrin, von Stoll und Burckhardt in Basel als Ergobasin und später von der Internationalen Pharmakopoe-Kommission als Ergonovin bezeichnet wurde. Jacobs und Craig am Rockefeller-Institut in New York, die ein Jahr zuvor den allen Mutterkornalkaloiden gemeinsamen Baustein entdeckt hatten, den sie Lysergsäure nannten, konnten zeigen, dass man bei der alkalischen Hydrolyse von Ergobasin Lysergsäure und den Aminoalkohol L-2-Aminopropanol erhält. Bei Ergotamin und Ergotoxin wurde ein komplexerer Bau festgestellt, indem die Lysergsäure hier mit einem tripeptidartigen Rest verbunden ist.

Zu jenem Zeitpunkt hatte ich gerade meine erste größere Arbeit im Stoll'schen Laboratorium zum Abschluss gebracht: die Strukturaufklärung des Grundgerüstes der Scilla-Glykoside. Da ich freie Hand hatte für ein neues Arbeitsgebiet, machte ich Professor Stoll den Vorschlag, eine Partialsynthese des Ergobasins, d. h. eine Synthese ausgehend von Lysergsäure, zu versuchen. Das war nicht nur von wissenschaftlichem, sondern auch von praktischem Interesse, denn das medizinisch wertvolle Ergobasin war im Mutterkorn im Vergleich zu den Alkaloiden vom Ergotamin-Ergotoxin-Typ nur in sehr geringer Menge vorhanden. Professor Stoll warnte mich vor den wegen der großen Zersetzlichkeit der Mutterkornalkaloide zu erwartenden Schwierigkeiten, war aber mit den geplanten Versuchen einverstanden.

Zur Gewinnung der für die Synthese benötigten Lysergsäure konnte ich kein Ergotamin verwenden, sondern ich musste das weniger kostbare Ergotoxin benutzen, das damals ebenfalls schon in größerem Maßstab in der Sandoz-Mutterkorn-Fabrikation extrahiert wurde.

Bei der Reinigung von Ergotoxin für die Hydrolysenversuche machte ich Beobachtungen, die den Verdacht aufkommen ließen, Ergotoxin sei kein einheitliches Alkaloid.

Bei Versuchen, welche die Synthese von Ergobasin zum Ziel hatten, stiess ich so auf das Ergotoxin-Problem, dessen spätere Lösung zu einem bedeutenden pharmazeutischen Präparat führte.

Nach anfänglichen, durch die grosse Zersetzlichkeit der Lysergsäure bedingten Schwierigkeiten fand ich in der Curtius'schen Methode ein Verfahren zur säureamidartigen Verknüpfung von Lysergsäure mit Aminen. Bei der Umsetzung von Lysergsäureazid mit L-2-Aminopropanol entstand eine Verbindung, die mit Ergobasin identisch war. Damit war erstmals eine Teil- synthese eines natürlichen Mutterkornalkaloids geglückt.

Ein halb-synthetischer Mutterkornabkömmling (Methergin®)

Aufbauend auf Ergobasin als Prototyp und dieser Synthesemethode konnte nun ein Projekt geplant werden, das die Herstellung von oxytocischen Verbindungen, das sind Substanzen mit kontrahierender Wirkung auf die Gebärmutter, zum Ziel hatte. Im Rahmen dieses Projektes entwickelte mein

Kollege Dr. J. Peyer ein rationelles Herstellungsverfahren von homologen Aminoalkoholen, d. h. Aminoalkoholen mit verschieden langer Kohlenstoffkette, die ich mit Lysergsäure amidartig verknüpfte. Die so erhaltenen chemischen Modifikationen von Ergobasin wurden in der pharmakologischen Abteilung von Professor Ernst Rothlin in einem speziellen Screening gezielt auf oxytocische Wirkung geprüft. Das nächsthöhere Homologe des Ergobasins, die Modifikation mit einer um ein Kohlenstoffatom verlängerten Seitenkette, das d-Lysergsaure-L-butanolamid-(2) zeigte optimale pharmako-ogische Eigenschaften. Diese Verbindung wurde in Form des maleinsauren Salzes unter der Marken- bezeichnung Methergin in die Geburtshilfe eingeführt und ist heute das führende Präparat zur Stillung der Nachgeburtsblutungen.

Die Entwicklung von Methergin aus Ergobasin ist ein Beispiel einer Abwandlung eines Prototyps mit nur geringfügigen Modifikationen am Molekül. In einem solchen Fall kann erwartet werden, dass das pharmakologische Wirkungsbild im großen und ganzen erhalten bleibt und nur quantitative Veränderungen eintreten. Wenn dagegen größere Eingriffe in die Struktur des Prototyps vorgenommen werden, dann sind entsprechend auch qualitative Veränderungen der pharmakologischen Wirkungen zu erwarten, die kaum mehr vorausgesagt werden können. Trotzdem wird auch hier der Chemiker meistens nicht planlos modifizieren, sondern sich spekulativ an strukturelle Vorbilder mit bekannter Wirkung anlehnen. Bei der Auswahl der Vorbilder kann beim Chemiker das ins Spiel kommen, was man Gefühl oder Intuition nennt.

Ein weiterer halb-synthetischer Mutterkornabkömmling (LSD)

Eine solche spekulative Modifikation war das Lysergsäurediethylamid, das ich mit der für das Ergobasin entwickelten Synthesemethode herstellte. Vorbild war das Nicotinsäurediethylamid, das unter der Markenbezeichnung Coramin® als bewährtes Analeptikum (Kreislauf- und Atmungsstimulans) auf dem Arzneimittelmarkt ist. Da der Ring D der Lysergsäure ein modifizierter Nicotinsäure-Ring ist, hoffte ich aufgrund dieser strukturellen Verwandtschaft mit dem Lysergsäurediethylamid eine Verbindung mit analeptischen Wirkungen zu erhalten.

Im Bericht von Professor Rothlin über die pharmakologische Wirkung von Lysergsäurediethylamid wurde eine oxytocische Aktivität von 70 Prozent derjenigen von Ergobasin angegeben. Ferner war vermerkt, dass die Tiere in der Narkose unruhig waren. Die neue Verbindung mit der Laborbezeichnung LSD-25 (die 25. Verbindung in der Reihe der synthetischen Lysergsäureamide) erweckte jedoch kein weiteres Interesse in der Pharmakologie.

Ich hatte von der pharmakologischen Prüfung, allerdings nur gefühlsmäßig, mehr erwartet. Um die Verbindung einer erweiterten Prüfung zuzuführen, stellte ich, fünf Jahre nach der ersten Synthese, nochmals eine kleine Menge LSD 25 her. Es handelte sich, wie bei der ersten Herstellung, nur um einige Hundertstel Gramm. Das Syntheseprodukt musste an der Alox-Säule vom Isolysergsäure-Isomeren getrennt werden, wozu als Lösungsmittel Dichlorethylen Verwendung fand. Dann wurde das Lysergsäurediethylamid als weinsaures Salz aus Methanol kristallisiert.

An jenem Nachmittag, an dem ich mit dieser Arbeit beschäftigt war, geriet ich in einen merkwürdigen, traumartigen Zustand. Ich ging vorzeitig nach Hause, hatte dort das Bedürfnis, mich niederzulegen, und erlebte dann bei geschlossenen Augen ein phantastisches Farben- und Formenspiel. Was immer ich mir dachte, trat bildlich plastisch realistisch vor mein inneres Auge. Dieser nicht unangenehme, außergewöhnliche Bewusstseinszustand verflüchtigte sich nach ein paar Stunden.

Ich vermutete als Ursache eine Labor-Intoxikation. Zuerst dachte ich an das Dichlorethylen, das ich zum Chromatographieren benutzt hatte. Am nächsten Arbeitstag atmete ich vorsichtig Dämpfe dieses Lösungsmittels ein. Es passierte aber nichts. Dann prüfte ich das Lysergsäurediethylamid, mit dem ich auch am Tag des Zwischenfalls gearbeitet hatte. Da ich aber an sauberes Arbeiten beim Umgang mit Mutterkornalkaloiden gewöhnt war, konnte ich mir eigentlich nicht vorstellen, wie ich eine für irgendeine Wirkung genügende Menge von dieser Substanz hätte erwischt haben können. Wenn das LSD-25 aber die Ursache jener Störung gewesen war, dann musste es sich um eine außergewöhnlich wirksame Substanz handeln. Als vorsichtiger Mann begann ich daher meine Selbstversuche mit der verdächtigen Substanz mit der kleinsten Menge, von der noch irgend ein Effekt erwartet werden konnte, nämlich mit 0,25 Milligramm Lysergsäurediethylamid-Tartrat, und gedachte dann, vorsichtig die Dosis zu steigem. Aber es kam nicht so weit. Schon die erste minimale Dosis von 1/4 Milligramm verursachte einen etwa zwölf Stunden dauernden Rauschzustand mit schwersten psychischen Störungen. Die dabei erlebten tiefen, umwälzenden Veränderungen im Erleben der äußeren Welt und des Ichbewusstseins sind schon zur Genüge beschrieben worden, so dass ich hier auf eine Schilderung verzichten kann. Dieser erste geplante LSD-Versuch war deshalb ein besonders erschreckendes Erlebnis, weil ich nicht wusste, ob ich jemals wieder in die Alltagswirklichkeit, in den normalen Bewusstseinszustand zurückkehren würde. Erst als ich spürte, dass die gewohnte Wirklichkeit langsam wieder einzog, konnte ich das ungemein stimulierte visionäre Erleben genießen.

Mit dem LSD war eine psychoaktive Substanz von bisher unbekannter Potenz gefunden worden. Ich hatte ein Kreislaufstimulans gesucht und ein Psychostimulans gefunden: *Serendipity*. Trotz meiner Vorsicht hatte ich für diesen ersten geplanten LSD-Versuch eine Dosis gewählt, die fünfmal so groß war wie die mittlere wirksame Dosis, die nur etwa 0,05 mg beträgt. Um sich eine Vorstellung von der Wirksamkeit von LSD zu machen, braucht man sich nur zu vergegenwärtigen, dass ein Gramm davon ausreicht, um 20 000 Personen für zwölf Stunden in einen halluzinogenen Rauschzustand zu versetzen.

Die hohe spezifisch psychotrope Wirkung von LSD machte diese Substanz zu einem wertvollen Werkzeug in der psychiatrischen und neurophysiologischen Forschung. Auch als medikamentöses Hilfsmittel in der Psychoanalyse und Psychotherapie fand LSD Anwendung.

Die LSD-Forschung erlebte aber einen schweren Rückschlag, von dem sie sich bis heute nicht erholt hat, als LSD zuerst in den USA in den Sog der Rauschmittelwelle geriet und dort eine Zeitlang, Mitte der Sechzigerjahre, als Rauschmittel Nr. 1 Schlagzeilen machte. Die missbräuchliche, das heißt dem Wirkungscharakter von LSD in keiner Weise entsprechende Anwendung in der Drogenszene, die zu vielen zum Teil schweren Zwischenfällen führte, hat der LSD-Forschung schwer geschadet.

Das letzte Wort über die medizinischen Anwendungsmöglichkeiten dieser Wirksubstanz ist nach meiner Meinung aber noch nicht gesprochen.

Ich komme nun zu einem Charakteristikum der Pharmaforschung, das in den wissenschaftlichen Publikationen wenig zum Ausdruck kommt. Es besteht darin, dass Nebengeleise der Forschung manchmal zu bedeutenderen Ergebnissen führen, als das der Planung zugrunde gelegte Hauptgeleise. Auf ein solches fruchtbares Nebengeleise kann man geraten, wenn man sogenannten zufälligen Beobachtungen nachgeht, nachgehen kann, – nachgehen darf, was bei streng zielgerichteten Projekten dem Chemiker meistens nicht erlaubt ist.

Auf ein solches fruchtbares Nebengeleise geriet ich, als ich die bei der Reinigung des Ausgangsmaterials für die Ergobasin-Synthese, bei der Reinigung von Ergotoxin, gemachte Beobachtung weiterverfolgte. Wie schon erwähnt, hatte ich dabei den Eindruck erhalten, Ergotoxin sei kein einheitliches Alkaloid. In der Tat ließ sich Ergotoxin mit Hilfe einer eigens für die Salzbildung mit Lysergsäurederivaten hergestellten Säure in drei verschiedene Alkaloide auftrennen. Das eine war mit dem kurz vorher in der Sandoz-Mutterkorn-Fabrikation isolierten, von Stoll und Burckhardt als Ergocristin bezeichneten Alkaloid identisch. Die beiden anderen waren neu. Das eine nannte ich Ergocornin und das andere, weil es lange in der Mutterlauge verborgen geblieben war, Ergokryptin. Viele Jahre später konnte gezeigt werden, dass Ergokryptin in zwei strukturisomeren Formen vorkommt, die wir als α- und β-Ergokryptin bezeichneten.

Hydrierte Mutterkornalkaloide (Hydergin® und Dihydergot®)

Mit der Aufteilung von Ergotoxin, das über 30 Jahre lang als einheitliches Alkaloid gegolten hatte, in drei bzw. vier einheitliche Alkaloide erhielt die pharmakologische Prüfung eine neue, gesicherte Basis. In der Literatur waren über die pharmakologischen Wirkungen von Ergotoxin widersprüchliche Angaben entstanden, was offenbar darauf zurückzuführen war, dass die verschiedenen Untersucher unterschiedliche Ergotoxin-Präparate in Händen gehabt hatten, denn es stellte sich heraus, dass der proportionale Anteil der Komponenten in Ergotoxin-Präparaten verschiedener Herkunft stark variiert. Ich stellte Prof. Rothlin nicht nur die einheitlichen Ergotoxin-Komponenten für die pharmakologische Untersuchung zur Verfügung, sondern auch noch ihre Dihydro-Derivate. Jacobs und Graig vom Rockefeller- Institut hatten gezeigt, dass die exozyklische Doppelbindung der Lysergsäure sich selektiv hydrieren lässt, und dass Dihydrolysergsäure stabil ist, während Lysergsäure und ihre Derivate in Lösung ein Gleichgewicht von Lysergsäure- und Isolysergsäure-Form bilden. Die Isolysergsäure-Derivate erwiesen sich pharmakologisch viel weniger aktiv als die entsprechenden Lysergsäure-Abkömmlinge. Prof. Rothlin und seine Mitarbeiter in der pharmakologischen Abteilung stellten an den durch Hydrierung stabilisierten Ergotoxin-Alkaloiden, an Dihydro-ergocristin, Dihydro-ergokryptin und Dihydro-ergocornin ein gegenüber den natürlichen, nicht hydrierten Alkaloiden stark unterschiedliches, interessantes Wirkungsbild fest. Anstatt Gefäßverengung, Gefäßerweiterung und Blutdrucksenkung verstärkte sympathikolytische Eigenschaften, stark herabgesetzte Toxizität. Auf Grund dieses Wirkungsbildes wurden die Dihydro-Derivate der drei Ergotoxin-Alkaloide im Verhältnis 1:1:1 in Form ihrer wasserlöslichen Methansulfonate unter der Markenbezeichnung „Hydergin" in die Therapie eingeführt. Wie schon erwähnt, bewährte sich Hydergin als Antihypertensivum nicht, erwies sich aber in der Praxis als wirksames Geriatrikum und steht heute umsatzmäßig weit an der Spitze der Sandoz-Pharmaprodukte.

Auch Ergotamin habe ich damals hydriert und Dihydroergotamin der pharmakologischen Prüfung zugeführt. Beabsichtigt war dabei nicht in erster Linie, ein von Ergotamin pharmakologisch verschiedenes Derivat zu erhalten, sondern nur ein stabilisiertes Ergotamin. Ergotamin-Lösungen, wie sie in Form von Ergotamintartrat als „Gynergen" auf dem Arzneimittelmarkt waren, besaßen den Nachteil, dass in ihnen ein hoher Prozentsatz des Ergotamins in das entsprechende pharmakologisch inaktive Isolysergsäure-Alkaloid Ergotarminin überging. Das hofften wir durch die stabilisierende Hydrierung zu beheben. Die Hydrierung hatte aber nicht nur einen stabilisierenden Effekt, sondern veränderte, wie bei den Alkaloiden der Ergotoxin-Gruppe, das pharmakologische Wirkungsbild tiefgreifend. Dihydroergotamin zeigte gegenüber Ergotamin anstelle der gefäßverengenden eine die Gefäße und den Blutdruck stabilisierende Wirkung, ferner verstärkte Sympathikolyse und geringere Toxizität. Dieses pharmakologische Wirkungsbild erwies sich als therapeutisch wertvoll. Dihydroergotamin hat unter der Markenbezeichnung „Dihydergot" zur Behandlung der orthostatischen Hypotonie und von vaskulären Kopfschmerzen Eingang in die Therapie gefunden. Geplant war die Stabilisierung von Ergotamin, gefunden wurde ein neues Medikament.

Ich komme noch einmal zurück zum LSD. Wenn sich LSD selbst nicht zu einem therapeutisch verwendbaren Pharmaprodukt entwickeln ließ, so hat es doch, wie im Nachfolgenden gezeigt wird, den Anstoß für die Entwicklung eines neuen Arzneimittels gegeben und hat zudem indirekt zur Schaffung eines weiteren Pharmapräparates geführt. Es ist dies ein Beispiel eines nicht seltenen Weges, auf dem neue Pharmaka gefunden werden.

LSD als Serotonin-Antagonist führt zu Deseril®

Der englische Physiologe Gaddum stellte fest, dass LSD ein hochaktiver Antagonist von Serotonin ist. Serotonin ist ein im Warmblüterorganismus weitverbreiteter endogener Wirkstoff, ein Neurotransmitter, der auch im Biochemismus psychischer Funktionen eine Rolle spielt. Da Serotonin auch bei entzündlichen Prozessen und bei gewissen Formen von Migräne involviert ist, konnte ein Serotonin-Hemmer möglicherweise therapeutische Eigenschaften aufweisen. LSD war als solches wegen seiner psychischen, halluzinogenen Eigenschaften als therapeutischer Serotonin-Hemmer nicht zu gebrauchen. Unsere Pharmakologen schlugen daher vor, nach chemischen Modifikationen von LSD zu suchen, die noch die serotoninantagonistische Wirkung, aber nicht mehr die halluzinogenen Eigenschaften von LSD haben könnten. Von den vielen LSD-Derivaten, die mein Mitarbeiter Dr. Franz Troxler herstellte, erwies sich Brom-LSD als erster Serotoninantagonist ohne halluzinogene Wirkungskomponente. Bei der Ausweitung der Prüfung auf andere Lysergsäure-Derivate wurde schließlich im 1-Methyl-lysergsäure-butanolamid-(2) ein optimaler Serotonin-Antagonist gefunden. Unter der Markenbezeichnung Deseril (Sansert®) wurde das Präparat zur Intervall-Behandlung von Migräne in die Therapie eingeführt.

Schließlich möchte ich noch kurz auf eine weitere Untersuchung zu sprechen kommen, die das LSD uns ins Haus gebracht hat.

Vom LSD zu den mexikanischen Zauberpilzen

Durch Vermittlung von Dr. Dunant, damals Direktor der Sandoz-Filiale in Paris, gelangte im Frühjahr 1957 Professor Roger Heim, Direktor des *Laboratoire de Cryptogamie* in Paris, an die pharmazeutisch-chemische Forschungsleitung mit der Anfrage, ob wir uns an der chemischen Bearbeitung der mexikanischen Zauberpilze *(Psilocybe mexicana)* beteiligen möchten. Ich sagte mit Freude zu. Professor Heim hatte die von mexikanischen Indianern in religiös-rituellem Rahmen und magisch bestimmten Heilpraktiken verwendeten Pilze botanisch bestimmt, und es war ihm auch gelungen, einige der neuen Pilz-Spezies, es handelte sich meistens um Arten der Gattung *Psilocybe*, im Laboratorium zu züchten. Der uralte, geheime Pilzkult der mexikanischen Indianer war in den Jahren 1954–1956 vom amerikanischen Forscher-Ehepaar Wasson wiederentdeckt worden. Nachdem Versuche in Paris und in zwei Laboratorien in den USA, die wirksamen Prinzipien aus den Pilzen zu isolieren, erfolglos geblieben waren, wandte sich Professor Heim wie gesagt an uns, weil er glaubte, dass wir, dank unseren Erfahrungen mit LSD, das qualitativ die gleichen Wirkungen wie die Zauberpilze entfaltet, besser in der Lage sein könnten, dieses Problem zu lösen.

Da keiner meiner damaligen Mitarbeiter Lust hatte, die Bearbeitung der Pilze zu übernehmen, weil damals alles, was irgendwie mit LSD zu tun hatte, bei der obersten Geschäftsleitung ungern gesehen wurde, übernahm ich die Isolierungsversuche selbst, zusammen mit meinem tüchtigen langjährigen Laborassistenten Hans Tscherter.

Die damaligen Kollegen von der Mikrobiologie, die Dres. Artur Brack und Hans Kobel, konnten die Laboratoriumskultur von Psilocybe mexicana wesentlich verbessern. Mit diesem Material und dank Testierung der Extrakte im Selbstversuch, an der sich mehrere Kollegen und Mitarbeiter als Versuchskaninchen beteiligten – die Testierung im Tierversuch hatte keine klaren Resultate gegeben – gelang es, die wirksamen Prinzipien zu isolieren und in reiner Form zu kristallisieren. Wir nannten sie Psilocybin und Psilocin.

Nachdem die reinen Wirkstoffe vorlagen, konnte mit vereinten Kräften mit meinen Mitarbeitern Dres. A. Frey, H. Ott, Th. Petrzilka und F. Troxler die Struktur aufgeklärt und die Synthese durchgeführt werden.

Die Struktur der Pilzstoffe ist bemerkenswert, unter anderem, weil es sich wie bei der Lysergsaure und damit beim LSD um Indolderivate handelt, die in der 4-Stellung substituiert sind, und weil sie mit der von Serotonin nah verwandt ist. Psilocybin und Psilocin verdienen meiner Meinung nach als solche in der experimentellen Psychiatrie und als Prototypen für die chemische Abwandlung weiterhin Interesse. Die *Psilocybe*-Forschung hatte aber auch noch praktische Auswirkungen und führte, indirekt wie LSD, zu einem bedeutenden neuen Medikament.

Von den mexikanischen Zauberpilzen zu Visken®

Dr. Troxler, der eine rationelle Synthese des Ausgangsmaterials für Psilocybin, des 4-Hydroxy-Indols, ausgearbeitet hatte, war in der Folge in einem Projekt engagiert, das auf die Entwicklung neuer Stoffe mit hemmender Wirkung auf adrenerge β-Rezeptoren ausgerichtet war. β-Rezeptoren-Hemmer werden therapeutisch zur Regulierung der Herzfunktion eingesetzt. Ein bekannter Prototyp mit dieser Wirkung war Propranolol (Inderal®). Es hatte sich gezeigt, dass Substanzen dieses Wirkungstyps entstehen, wenn die für Propranolol charakteristische Isopropylamino-2-hydroxypropyl-Seitenkette ätherartig mit einem aromatischen System mit phenolischer Hydroxylgruppe verbunden wird. Unter vielen anderen Phenolen verwendete Dr. Troxler für die Synthese seiner als β-Rezeptoren-Hemmer zu prüfenden Substanzen auch das seltene, kaum in einem anderen Laboratorium der Welt als in seinem vorhandene 4-Hydroxyindol. Und gerade diese Kombination erwies sich als Treffer. Unter der Markenbezeichnung „Visken“ hat sich der neue Wirkstoff eine führende Stellung unter den β-Rezeptoren-Hemmern erobert, vor allem für die Indikation Hypertonie.

Ohne LSD wären die Zauberpilze nicht in unser Laboratorium gelangt, ohne die Arbeiten über die Zauberpilze wäre 4-Hydroxy-indol nicht verfügbar geworden und somit Visken nicht entstanden.

Damit komme ich zum Schluss. Ich hoffe, Ihnen mit meinen Ausführungen gezeigt zu haben, dass es in der pharmazeutisch-chemischen Forschung nicht immer so geradlinig-planmäßig zugeht – zugehen kann –, wie es nach den meistens wissenschaftlich etwas hochstilisierten Publikationen in den Fachzeitschriften den Anschein macht, sondern dass der Zufall, oder richtiger das, was von

Walpole als *serendipity* bezeichnet wurde, oft sehr viel zum Erfolg beigetragen hat und wohl auch in Zukunft beitragen wird.

Leicht gekürztes Manuskript eines Vortrages, gehalten in der Naturforschenden Gesellschaft Basel am 17. Januar 1979.

SWISS PHARMA I (1979), Nr. 9

Literatur

Zugang zu den Originalpublikationen über die Mutterkornalkaloide und ihre Derivate vermitteln die beiden Monographien:

Albert HOFMANN, *Die Mutterkornalkaloide,* Stuttgart: Ferdinand Enke Verlag, 1964, Solothurn, Nachtschatten Verlag, 2000.

B. BERDE & H.O. SCHILD, *Ergot Alkaloids and Related Compounds*, Berlin, Heidelberg, New York: Springer-Verlag, 1978.

Zu den Untersuchungen über die mexikanischen Zauberpilze:

A. HOFMANN, R. HEIM, A. BRACK, H. KOBEL, A. FREY, H. OTT, Th. PETRZILKA und F. TROXLER, *Psilocybin und Psilocin, zwei psychotrope Wirkstoffe aus mexikanischen Zauberpilzen*, Helv. Chim. Acta 42, 1557 (1959).

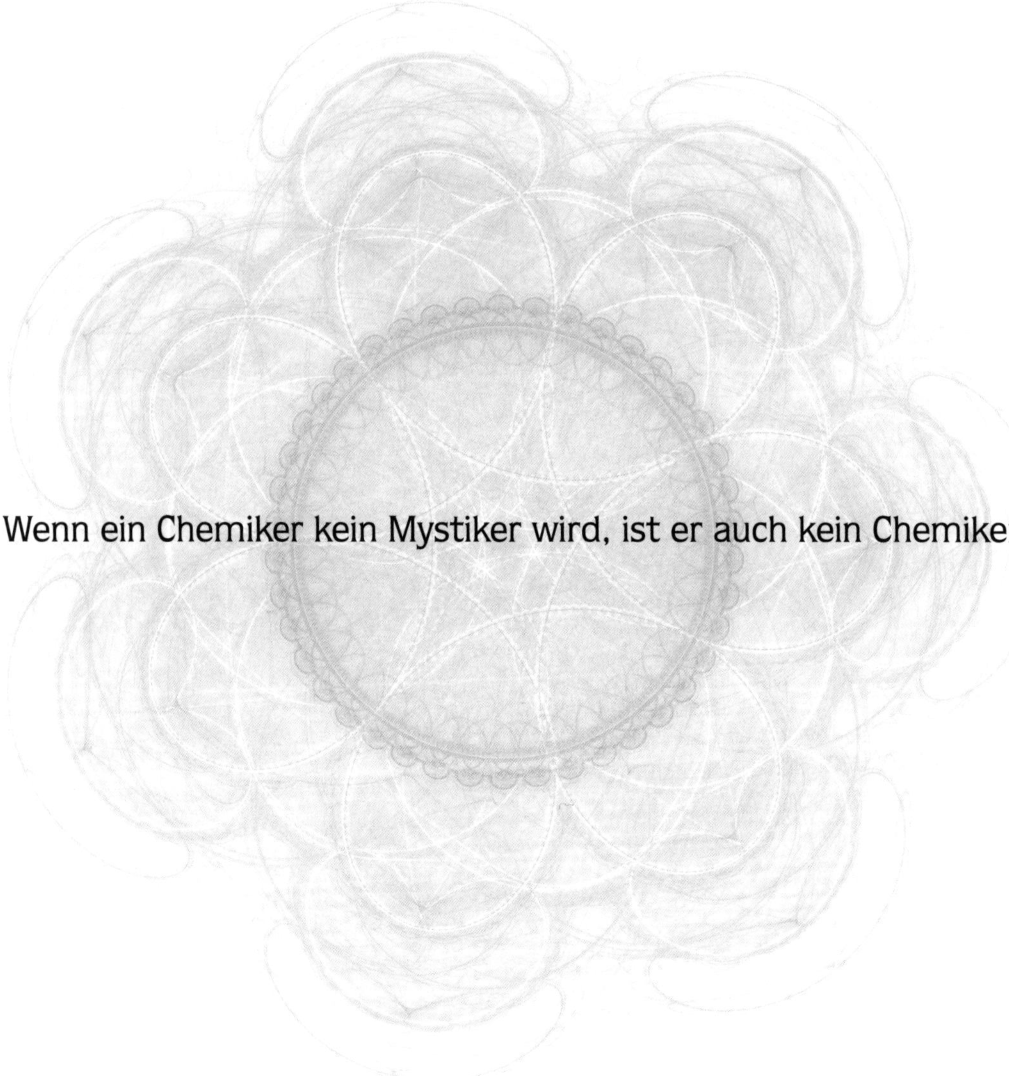

Wenn ein Chemiker kein Mystiker wird, ist er auch kein Chemiker

Vermag Einsicht in naturwissenschaftliche Wahrheit psychotherapeutisch zu wirken?

Wenn ich diese Frage mit Ja beantworte, so beruht das auf persönlicher Erfahrung. Weil ich von persönlicher Erfahrung berichten werde, wage ich es auch, mich über ein Thema zu äußern, das in die Psychotherapie gehört, was also für einen Chemiker eine Grenzüberschreitung bedeutet.

Meine nachfolgenden Ausführungen über die psychotherapeutische Wirkung von naturwissenschaftlichen Einsichten lassen sich in zwei Abschnitte unterteilen.

In einem Teil werde ich beschreiben, wie mir in meinem Leben in einer Phase schwerer Depression die Meditation naturwissenschaftlichen Wissens hilfreich war.

Im anderen allgemeinen Teil werde ich versuchen darzulegen, was nach meiner Ansicht ein vermehrtes Bewusstsein naturwissenschaftlicher Wahrheiten in einem größeren Teil der Bevölkerung zur Überwindung der geistigen Krise und zur Verminderung von Angst, Depression und Vereinsamung beitragen könnte.

Nun zuerst mein persönlicher Fall. In meinem 29. Lebensjahr geriet ich in eine schwere existentielle, geistige Krise. Die Außenwelt entleerte sich mir mehr und mehr, sie wurde schemenhaft. Alles Geschehen erschien mir sinnlos. Die Mitmenschen bewegten sich wie hölzerne Puppen. Angst, völlig abzusterben, befiel mich. Oftmals wurden diese Symptome so stark, dass ich ohnmächtig wurde. Nachts hatte ich Angst vor dem Einschlafen, weil ich fürchtete, nicht mehr aufzuwachen. Ich fühlte mich schuldig für meinen Zustand, ohne aber herausfinden zu können, mit weicher konkreten Schuld ich belastet war. Es war ein grauenhafter seelischer Zustand. Da ich glaubte, mein Leiden sei rein geistiger Natur, versuchte ich mit dem Verstand, durch Selbstanalyse und mit aller Anstrengung des Willens aus der schrecklichen Verfassung herauszukommen. Doch das war vergeblich und steigerte noch die Angst.

Als ich eines Tages in meinem Zimmer vor mich hindämmerte, fiel mein Blick durch das offene Fenster auf einen grünen Busch im Garten. Es entspann sich eine merkwürdige Beziehung zu diesem Baum, durch den der Teufelskreis des Gedankenwirrwarrs durchbrochen und der Weg zur Heilung frei wurde. Es ging mir durch den Kopf: Dieser Baum ist biochemisch gleich aufgebaut wie du; er besteht aus Zellen mit einem Zellkern, in dem die Erbfaktoren enthalten sind und der mit einer schätzenden Plasmahülle umgeben ist, gleich wie die Zellen deines Körpers. Er ist hervorgegangen aus der Vereinigung einer weiblichen und einer männlichen Geschlechtszelle, gleich wie du. Er entwickelte sich, wuchs, die gleiche Luft atmend wie du; von der gleichen Schöpferkraft gestaltet und lebendig gehalten wie du.

Das voll ins Bewusstsein gelangte Wissen um die Mitgeschöpflichkeit dieses Baumes, der offensichtlich ohne Gedankenkrampf sein Leben lebte, erfüllte mich plötzlich mit Gelassenheit und Vertrauen. Gedankenwirrwarr und Angst verschwanden.

Wenn später wieder Angst aufkommen wollte, brauchte ich mir nur Bruder Baum in seiner Gelassenheit vorzustellen, um mich wieder geborgen und getragen vom gemeinsamen Schöpfergeist zu fühlen. Man könnte denken, daß auch ohne naturwissenschaftliches Wissen die Mitgeschöpflichkeit mit diesem Baum und in der Folge mit der ganzen Pflanzenwelt als heilendes Element hätte erlebt werden können, als spontane Vision, wie sie dem Heiligen Franz von Assisi widerfuhr, der mit Bäumen und Tieren sprechen konnte. Ich selbst hatte in meiner Kindheit mehrmals solche tief beglückenden Erlebnisse, wenn mir plötzlich die Natur, der Wald oder eine Blumenwiese in hellem Licht in sprechender Schönheit erschienen und mir ein Gefühl seliger Geborgenheit gaben. Solch visionäres Erleben einer tieferen, beglückenderen Wirklichkeit ist bei Kindern keineswegs selten; es ist das, was gemeint ist, wenn man vom Kindheitsparadies spricht.

Bei Erwachsenen ist die spontane mystische Schau jedoch selten, und ich glaube deshalb, dass im beschriebenen Fall das Wissen, das Bewusstwerden der naturwissenschaftlichen Wahrheit von der Mitgeschöpflichkeit des Baumes bei mir das heilende Erleben ausgelöst hat.

Nach diesem Fallbeispiel komme ich bereits zum zweiten, allgemeineren Teil meiner Betrachtungen. Hier möchte ich naturwissenschaftliche Erkenntnisse anführen, von denen ich glaube, dass sie verdienten, vermehrt in der Öffentlichkeit, im Bewusstsein einer größeren Zahl von Menschen, wieder wachgerufen zu werden. Es handelt sich nicht um neue Forschungsergebnisse, um neue Erkenntnisse, sondern um naturwissenschaftliche Wahrheiten, die in den Schulbüchern nachgelesen werden können, an die man aber nicht mehr denkt, weil sie keine direkte Beziehung zur Praxis des Alltags besitzen und nicht von unmittelbarem Nutzen sind.

An dieser Stelle möchte ich ein grundlegendes Glaubensbekenntnis ablegen, was die Stellung und Bedeutung der naturwissenschaft- lichen Forschung und die von ihr erschlossenen Wahrheiten anbelangt. Ich glaube, dass die Bedeutung der Naturwissenschaften in der Evolution der menschlichen Gesellschaft nicht in erster Linie darin besteht, dass sie die Grundlagen lieferten für die Entwicklung der modernen Technologien und Industrien, die unser Leben und unseren Planeten von Grund auf verändert haben, sondern darin, dass sie den Menschen die Augen öffnen können für das Wunder der Schöpfung und für die Einheit allen Lebens auf dieser Erde, in das die Menschheit eingeschlossen ist. Dieses zu vollem, allgemeinem Bewusstsein gelangte Wissen könnte zur Grundlage einer neuen Geistigkeit werden und zur Lösung der geistigen, sozialen und ökologischen Probleme der Gegenwart beitragen.

Der indische Philosoph Rabindranath Tagore hat diesem Glauben in poetischer Sprache wie folgt Ausdruck verliehen:

„Durch den Fortschritt der Naturwissenschaften wird die Ganzheit der Welt und unser Einssein mit ihr unserem Geist immer klarer. Wenn diese Erkenntnis von der vollkommenen Einheit nicht nur eine intellektuelle Erkenntnis ist, wenn sie unser ganzes Sein erschließt für ein helles Allbewusstsein, dann wird es zu strahlender Freude, zu einer allumfassenden Liebe. "

Bevor ich zu Beispielen von naturwissenschaftlichen Wahrheiten komme, die ganz besonders ins allgemeine Bewusstsein eintreten sollten, möchte ich noch definieren, was man unter *naturwissenschaftlicher Wahrheit* versteht.

Was ist Wahrheit? – Das hat schon Pontius Pilatus gefragt und hat seine Hände in Unschuld gewaschen. Heute wissen wir aber etwas mehr. Diese Frage wird auch heute immer wieder von Philosophen und vor allem von Psychologen aufgeworfen und offen gelassen im gleichen Sinn wie bei Pilatus, nämlich: wir wissen es nicht, oder anders ausgedrückt: Es gibt keine Wahrheit, es ist alles relativ, es ist alles nur Einbildung. Diese fatalistische Einstellung, die eine Relativierung von allem und jedem zur Folge hat, ist eines der negativen Kennzeichen unserer Zeit und die Ursache von Haltlosigkeit, Ziellosigkeit, Angst und anderen psychischen Störungen.

Die Behauptung, es gebe keine Wahrheit, es sei alles nur relativ, es sei alles nur Einbildung, diese verhängnisvolle Weltanschauung, deren verheerende Folgen gar nicht überschätzt werden können, entstammt einem Denken, das nicht fähig ist, zwischen dem subjektiven und dem objektiven Anteil der umfassenden wahren Wirklichkeit zu unterscheiden.

Was naturwissenschaftliche, objektive Wahrheit und was nicht objektivierbare, das heißt nur subjektive Wahrheit ist, diese grundlegend wichtige Unterscheidung möchte ich im folgenden deutlich klarzumachen versuchen.

Es geht um die Frage: Was geschieht bei unserem Welterleben in der äußeren Welt und was geschieht in unserem Innern, was ist in der Wirklichkeit außen und was ist innen? Es ist offensichtlich, dass zum menschlichen Welterleben beides notwendig ist, eine äußere materielle Welt und ein erlebendes menschliches Individuum.

Um diese für das Zustandekommen eines Weltbildes notwendige Wechselbeziehung zwischen materieller Außenwelt und geistiger Innenwelt des Menschen anschaulich zu machen, kann man den Vergleich heranziehen, wie bei der Fernsehübertragung Bild und Ton entstehen.

Die materielle Welt im äußeren Raum arbeitet als Sender, entsendet optische und akustische Wellen und liefert Tast-, Geschmacks- und Geruchssignale. Der Empfänger ist das Bewusstsein im Innern des einzelnen Menschen, wo die von den Sinnesorganen, von den Antennen empfangenen Reize in ein sinnlich und geistig erlebbares Bild der Außenwelt umgewandelt werden.

Fehlte eines von beiden, der Sender oder der Empfänger, so käme keine menschliche Wirklichkeit zustande, gleich wie beim Fernsehen der Bildschirm leer und ohne Ton bleiben würde.

Im Folgenden soll nun dargelegt werden, was wir aufgrund naturwissenschaftlicher Erkenntnisse von der Physiologie des Menschen hinsichtlich seiner Funktion als Empfänger sowie vom Mechanismus des Empfangens und Erfahrens von Wirklichkeit wissen.

Die Antennen des menschlichen Empfängers sind unsere fünf Sinnesorgane. Die Antenne für optische Bilder aus der Außenwelt, das Auge, ist in der Lage, elektromagnetische Wellen zu empfangen und damit auf der Netzhaut ein Bild zu produzieren, welches mit dem Objekt, von dem diese Wellen ausgehen, übereinstimmt. Von dort werden die dem Bilde entsprechenden nervösen Impulse durch den Sehnerv ins Sehzentrum des Gehirns geleitet, wo aus dem bis dorthin objektivierbaren elektrophysiologisch-energetischen Geschehen das subjektive psychische Phänomen des Sehens resultiert.

Es ist wichtig, sich zu vergegenwärtigen, dass unser Auge und der innere psychische Bildschirm nur einen sehr kleinen Ausschnitt aus dem riesigen Spektrum der elektromagnetischen Wellen ausnutzen, um die Außenwelt sichtbar zu machen. Aus dem elektromagnetischen Wellenspektrum, das Wellenlängen von milliardstel Millimetern aus dem Bereich der Röntgenstrahlen bis zu Radiowellen von vielen Metern Länge umfaßt, spricht unser Sehapparat nur auf den sehr schmalen Bereich von 0,4 bis 0,7 Tausendstelmillimeter an. Nur dieser sehr begrenzte Ausschnitt kann von unserem Auge empfangen und als Licht wahrgenommen werden. Innerhalb dieses schmalen Ausschnittes der sichtbaren Wellen sind wir in der Lage, die verschiedenen Wellenlängen zwischen 0,4 und 0,7 Tausendstelmillimeter als verschiedene Farben wahrzunehmen und zu unterscheiden.

Es ist wichtig, sich zu vergegenwärtigen, dass im äußeren Raum keine Farben existieren. Im allgemeinen ist man sich dieser fundamentalen Tatsache nicht bewusst. Was von einem Gegenstand, den wir als farbig sehen, in der äußeren Welt objektiv vorhanden ist, ist ausschließlich Materie, die elektromagnetische Schwingungen bestimmter Wellenlängen aussendet. Wenn ein Gegenstand von dem Licht, das auf ihn fällt, Wellen von 0,4 Tausendstelmillimeter reflektiert, dann sagen wir, er sei blau. Sendet er Wellen von 0,7 Tausendstelmillimeter aus, dann beschreiben wir das optische Erlebnis, das wir dabei haben, als rot. Es ist aber unmöglich, festzustellen, ob beim Empfang einer bestimmten Wellenlänge alle Menschen das gleiche Farberlebnis haben.

Die Wahrnehmung von Farbe ist ein rein psychisches und subjektives Ereignis, das im inneren Raum des Individuums stattfindet. Die farbige Welt, so wie wir sie sehen, existiert objektiv draußen nicht, sondern sie entsteht auf dem psychischen Bildschirm im Innern des einzelnen Menschen.

In der akustischen Welt bestehen entsprechende Beziehungen zwischen einem Sender im äußeren Raum und einem Empfänger im inneren Raum. Die Antenne für akustische Signale, das Ohr, weist in seiner Funktion als Teil des menschlichen Empfängers ebenfalls nur einen beschränkten Empfangsbereich auf. Wie Farben existieren Töne objektiv nicht. Was objektiv beim Hörvorgang vorhanden ist, sind wiederum Wellen, wellengleiche Verdichtungen und Ausdehnungen der Luft, die vom Trommelfell des Ohres registriert und im Gehörzentrum des Gehirns in die psychische Erfahrung von Tönen umgewandelt werden. Unser Empfänger für akustische Wellen reagiert auf Wellen im Bereich von 20 Schwingungen pro Sekunde bis zu 20 000 Schwingungen, was den tiefsten bis zu den höchsten von uns wahrnehmbaren Tönen entspricht.

Auch die anderen Aspekte der Wirklichkeit, welche von den übrigen drei Sinnen, vom Geschmacks, Geruchs- und Tastsinn, erschlossen werden, entstehen durch eine Wechselwirkung zwischen materiellen und energetischen Sendern im äußeren Raum und psychischen Empfängern im inneren Raum des einzelnen Menschen. Ich möchte das hier nicht im Einzelnen beschreiben. Es ist alles in jedem Lehrbuch der Physiologie nachschlagbar. Hier gilt nur festzuhalten, dass Geschmack, Geruch und Tastempfindungen, gleich wie Farben und Töne, objektiv nicht feststellbar sind. Sie existieren nur auf dem psychischen Bildschirm im Innern des einzelnen Menschen.

Aus diesen Überlegungen folgt, dass die Welt, wie wir sie mit unseren Augen und unseren anderen Sinnesorganen wahrnehmen, eine einzig auf den Menschen zugeschnittene Wirklichkeit darstellt, die bestimmt wird von der Fähigkeit und den Begrenzungen der menschlichen Sinnesempfindungen. Tiere mit ihren unterschiedlichen Sinnesorganen, mit Antennen, die auf andere Arten und andere

Wellenlängen von Impulsen reagieren, sehen und erleben die Außenwelt völlig anders; sie leben in einer anderen Wirklichkeit.

Die Metapher der Wirklichkeit als das Produkt eines Senders und eines Empfängers legt offen zutage, dass das scheinbare *objektive* Bild der Außenwelt, welche wir als die Wirklichkeit bezeichnen, tatsächlich ein subjektives Bild ist. Diese grundlegende Tatsache besagt, dass der Bildschirm sich nicht außen, sondern im Innern eines jeden Menschen befindet. Jeder Mensch trägt sein eigenes, persönliches, von seinem privaten Empfänger erzeugtes Bild der Wirklichkeit *in* sich.

Es ist *sein* wahres Weltbild, es ist das, was er mit seinen eigenen Augen und mit den anderen Sinnesorganen wahrnehmen kann.

Was aber ist nun von diesen individuellen Weltbildern in einem objektiven, für alle Menschen gültigen Sinne wahr? Es ist das, was in der Außenwelt die naturwissenschaftliche Forschung objektiv feststellen und messen kann. Es ist das, was wir als den Sender bezeichnet haben.

Es gibt nur *einen* Sender, nur *eine* naturwissenschaftliche Wahrheit, aber so viele subjektive Weltbilder, wie es Empfänger, d.h. menschliche Individuen gibt.

Mit dem großen Sender, der für alle Menschen gültige Daten sendet, wollen wir uns nun befassen. Woraus besteht er? Aus Materie und Energie und nichts anderem. Materie, charakterisiert durch ihre chemischen und physikalischen Eigenschaften, und Energie in Form von Strahlungs-, Wärme-, elektrischer und mechanischer Energie.

Alles, was sich vom Sender, das heißt von der Außenwelt, objektivieren und messen lässt, bezieht sich immer nur auf diesen materiellen und energetischen Teil. Es ist der Bereich der naturwissenschaftlichen Forschung. Aber es ist gewaltig, unendlich, was der Sender allein mittels seiner materiellen und energetischen Signale den Empfängern zu offenbaren vermag, und es ist wunderbar, unerklärlich, wie unser Empfänger diese Signale in das Bild einer bunten, farbigen, lebensvollen Welt umzuwandeln vermag.

Beginnen wir mit dem chemischen Bau des Senders. Der Fortschritt der Naturwissenschaften vom Altertum bis in die Neuzeit hat uns erstaunliche Einblicke verschafft. An Stelle der vier Elemente Erde, Wasser, Feuer und Luft sind 92 Elemente getreten, die sich in ein zahlenmäßiges System, d.h. in das „periodische System der Elemente", ordnen ließen. Dazu kommt eine Anzahl instabiler, sich verstrahlender Elemente. Weiter wurde der innere Bau der Atome, ein Mikrokosmos, erschlossen, der Atomkern, um den die Elektronen kreisen wie die Planeten um die Sonne. Doch auch beim Atomkern ist die Forschung nicht stehen geblieben. Er ist aus Protonen und Neutronen aufgebaut. Auch diese ließen sich weiter zergliedern in eine Vielzahl von Elementarteilchen von sehr kurzer Lebensdauer, die sich schließlich in Wellen auflösen und in Energie übergehen.

Chemische und physikalische Forschung haben also ermitteln können, dass der Sender, d.h. der Kosmos, die Sonnen und Planeten, die Geschöpfe dieser Erde wie auch unser Körper, aus ein und demselben Urstoff aufgebaut ist. Es ist dies eine naturwissenschaftliche Wahrheit, die auch der Mystiker erfährt, wenn er sich auch mit seiner Körperlichkeit eins fühlt mit dem All.

Auch in den Makrokosmos hat uns die naturwissenschaftliche Forschung tiefe Einsichten erschlossen. Wir kennen den Lauf der Planeten, die sich mit Sekundengenauigkeit seit Urzeiten um die Sonne bewegen. Sterne, Geschwister unserer Sonne, sind erforscht worden, unser Sonnensystem ist in Lichtjahren ausgemessen worden. Es wurden andere Galaxien, Millionen Lichtjahre entfernt, entdeckt. Immer weiter in den Weltraum sind die Augen der Radioteleskope vorgedrungen und haben dort immer weiter entfernte, neue Galaxien festgestellt, die Unendlichkeit des Universums offenbarend.

Von unserer Erde hat uns die Weltraumforschung photographische Bilder geliefert, eine blaue Kugel, im Weltraum schwebend. Physikalische, chemische und biologische Forschung haben uns die Einzigartigkeit unseres Weltraumschiffes vor Augen geführt. Die Beziehung der Erde zur Sonne wurde aufgezeigt, die Sonne als gewaltiger Atomreaktor, unerschöpflicher Energielieferant für alle Lebensprozesse auf der Erde erkannt. Mit Sonnenlicht als Energiequelle vermag die grüne Pflanzendecke der Erde aus anorganischer Materie, aus Kohlensäure und Wasser organische Substanz, unsere Nahrung, aufzubauen. Sie enthält gespeicherte Sonnenenergie. Beim Abbau der Nahrung in unserem Körper verläuft der Vorgang in umgekehrter Richtung, es entsteht wieder Kohlensäure und Wasser, und die gespeicherte Energie wird frei. Sonnenenergie baut unseren Körper auf, Sonnenenergie ist es, die die Lebensprozesse im Gang hält, selbst die Hirnfunktionen werden mit Sonnenenergie gespeist, so dass der menschliche Geist die sublimste energetische Umwandlung des Sonnenlichts darstellt. Naturwissenschaftliche Forschung hat also offenbart, dass wir Menschen Sonnenwesen sind, eine Wahrheit, die in vielen Mythen zur Darstellung kommt.

Diese wenigen Beispiele müssen genügen, um uns die unerschöpflichen naturwissenschaftlichen Aspekte des großen Senders bewusst zu machen. Es ist ein winziger Ausschnitt aus der objektiven Wirklichkeit, aus der Welt, in der wir]eben. Es sind Ausschnitte aus dem Buch der Natur, von dem Paracelsus gesagt hat, dass es der Finger Gottes geschrieben habe, und in dem zu lesen wir lernen sollten. Tatsächlich enthält es die Offenbarung aus erster Hand als naturgesetzliche Wahrheiten. Zu ihr gehören auch die Unendlichkeit des Sternenhimmels und die Schönheit und Fruchtbarkeit der Erde mit all ihren wunderbaren Geschöpfen des Tier- und Pflanzenreiches. Wer mit der Natur und ihren Gesetzen in Harmonie lebt, bleibt körperlich und seelisch gesund. Das gilt für den Einzelnen und für die ganze Menschheit. Was Zuwiderhandlung gegen die Naturgesetze zur Folge hat, zeigt zur Genüge die drohende ökologische Katastrophe.

So viel zur Außenwelt, zum Sender, der einen Hälfte der menschlichen Wirklichkeit. Nun möchte ich auch noch auf die andere Hälfte näher eingehen, auf den Empfänger. Es wurde schon gesagt, dass es nur einen Sender gibt, aber ebenso viele Empfänger wie menschliche Individuen. Es gibt keinen gemeinsamen Empfänger. Nur der einzelne Mensch kann sehen, hören, fühlen, wahrnehmen. Empfänger ist also der einzelne Mensch, oder genauer gesagt, das Bewusstsein im einzelnen Menschen, denn sein Körper gehört, als materielles Objekt in der Außenwelt stehend, zum Sender. Ich kann meinen Körper sehen und auch mit den anderen Sinnen wahrnehmen. Ebenso gehören meine

Sinnesorgane, die Antennen des Empfängers Ich, als Materie und Energie zur Außenwelt. Das ist nicht nur einleuchtend, was die Augen und die Ohren betrifft, auch die Nervenbahnen, die von ihnen ins Gehirn führen, sind Materie und ebenso das Gehirn selbst. Die elektrischen Ströme und Impulse, die in den Nervenbahnen die Signale von der Außenwelt ins Gehirn leiten und auch im Gehirn weiterwirken, sind als energetische Phänomene objektivierbar, also auch noch dem Sender zuzuordnen. Dann folgt aber eine große Lücke im menschlichen Erkenntnisvermögen: der Übergang vom materiell-energetischen Geschehen zum immateriellen, nicht mehr objektivierbaren, subjektiven psychisch-geistigen Bild, zum subjektiven Wahrnehmen und Erleben. Diese Wissenslücke ist gleichzeitig die Nahtstelle zwischen Sender und Empfänger, an der beide ineinander übergehen und sich zur Ganzheit des Lebendigen vereinen.

Nochmals zurück zur Frage des Empfängers, zur Frage des Bewusstseins. Was ist Bewusstsein? Das Bewusstsein entzieht sich jeder wissenschaftlichen Erklärung, weil es ja mein Bewusstsein wäre, das erklären müsste, was das Bewusstsein ist. Alle Erklärungsversuche bleiben Tautologien. Das Bewusstsein lässt sich nur umschreiben als das rezeptive und kreative geistige Zentrum des Individuums, und beschreiben lassen sich auch nur die Inhalte und Fähigkeiten des Bewusstseins.

An dieser Stelle sei doch noch zu dieser zentralen Frage eine Definition des Bewusstseins zitiert, die von Jean-Paul Sartre stammt: „Das Bewusstsein ist das Absolute, das Ich, es ist die transpersonale Seinsdimension des Individuums.“ – Wie mir scheint, doch auch noch eine Tautologie.

Man könnte das persönliche Bewusstsein als eine individuelle Ausformung des geistigen Universums auffassen, gleich wie unser Körper in naturwissenschaftlicher Offensichtlichkeit eine individuelle Ausformung des materiellen Universums darstellt.

Beide, das materielle Universum und die geistige Welt, sind unendlich. Eingebaut in beide, hat das menschliche Wesen Anteil an ihrer Unendlichkeit.

Die Sender-Empfänger-Metapher scheint einem dualistischen Weltkonzept zu entsprechen: materielle Außenwelt und geistige Innenwelt. Doch gleich wie beim Fernsehen Bild und Ton, also die Fernsehwelt, nur entsteht, wenn sowohl ein Sender wie auch ein Empfänger vorhanden sind, so ist menschliche Wirklichkeit auch nur existent als ein Ganzes von Geist und Materie. Sender und Empfänger sind nur ein notwendiges Konstrukt unseres Intellekts, notwendig für die rationale Beschreibung der Wechselbeziehung zwischen Innen- und Außenwelt, aus der die Wirklichkeit besteht und entsteht.

Ich sagte: aus der Wirklichkeit entsteht, denn das Sender-Empfänger-Konzept der Wirklichkeit weist auf die grundlegende Tatsache hin, dass die Wirklichkeit kein fest umrissener Zustand, nicht etwas Statisches ist, sondern das Ergebnis von kontinuierlichen Prozessen, bestehend aus einem kontinuierlichen Input von materiellen und energetischen Signalen aus dem äußeren Raum und ihrer kontinuierlichen Dechiffrierung, das heißt Umwandlung in psychische Erfahrung, im inneren Raum. Wirklichkeit ist also ein dynamischer Prozess, sie entsteht stets neu in jedem Augenblick.

Eigentliche Wirklichkeit gibt es also nur im Hier und Jetzt, im Augenblick. Das erklärt, warum das Kind, das viel mehr im Augenblick lebt als der Erwachsene, ein wirklicheres Bild der Welt wahrnimmt; es lebt in einer Welt, der mehr Wirklichkeit, mehr Wahrheit zukommt.

Das Erleben der wahren Wirklichkeit im Augenblick ist ein Hauptanliegen der Mystik. Hier treffen sich kindliches und mystisches Erleben.

Das Wissen um die dynamische Natur der wahren Wirklichkeit könnte, wenn es meditativ verarbeitet wird, mithelfen, mystisches Erleben im Augenblick zu provozieren. Mystisches Einheitserleben ist als heilender Faktor bei vielen psychischen Leiden anerkannt. So vermag also Einsicht in die naturwissenschaftliche Wahrheit des dynamischen Charakters der Wirklichkeit indirekt psychotherapeutisch zu wirken.

Die Auffassung der Wirklichkeit als Produkt von Sender und Empfänger erweist sich aber in besonders bedeutungsvoller Hinsicht aufschlussreich durch den Hinweis auf den Anteil des Empfängers, des einzelnen Menschen, an der Wirklichkeitsbildung. Sie bringt die weltenschöpferische Potenz, die jedem Individuum zukommt, voll zum Bewusstsein. Sie legt offen zutage, daß jeder Mensch der Schöpfer seiner eigenen Welt ist, denn einzig und allein in ihm wird die Erde und das bunte Leben auf ihr, werden der Himmel und die Sterne Wirklichkeit.

In dieser wahrhaft kosmogonischen Fähigkeit, sich die eigene Welt zu erschaffen, liegt die eigentliche Freiheit und Verantwortung eines jeden Menschen.

Wenn ich erkannt habe, was in der Wirklichkeit objektiv außen ist und was subjektiv in mir geschieht, dann weiß ich einerseits besser, was ich in meinem Leben ändern kann, wo ich die Wahl habe, und damit, wofür ich verantwortlich bin, und andererseits, was außerhalb meines Willens liegt und als unveränderliche Gegebenheit hingenommen werden muss.

Diese Klärung meiner Zuständigkeit ist eine unschätzbare Lebenshilfe. Sie stellt eine Einsicht in naturwissenschaftlich begründbare Gegebenheiten unserer menschlichen Existenz dar, der durchaus psychotherapeutische Wirkung zukommen kann.

Vortrag, gehalten am 4. Symposium für Bewusstseinsstudien des Europäischen Collegiums für Bewusstseinsstudien (ECBS), 8.-10. Dezember 1989, in Freiburg im Breisgau

Meditation und sinnliche Wahmehmung –

Die Suche nach Glück und Sinn

Meditation wird im Philosophischen Wörterbuch von Kröner definiert als „Nachdenken, Nachsinnen, Betrachtung im philosophisch-metaphysischen Sinne. Im religiös-mystischen Sinne wird Meditation als Versenkung erlebt, als Mittel tiefsten Erkennens."

Was ist es, über das man nachdenken, nachsinnen, betrachten, das man zutiefst erkennen will? Es sind Bewusstseinsinhalte, die letztendlich alle durch sinnliche Wahrnehmung eingebracht wurden. Sinnliche Wahrnehmung geht der Meditation voraus.

Wozu, warum meditiert man? Es muss einen Zweck, einen Sinn haben, sonst würde man es nicht tun. Man könnte sagen, man suche nach neuen Aspekten, neuen Tiefen der Wirklichkeit, oder, man strebe danach, sich selber besser kennen zu lernen, oder, man versuche den Sinn eines besonderen Erlebnisses zu ergründen. Es gibt unendlich viele Gegebenheiten, konkrete und abstrakte, die Gegenstand der Meditation sein können. Gibt es aber auch einen gemeinsamen Nenner, unter den man alle die verschiedenen Arten und Ziele der Meditation zusammenfassen könnte? Was liegt zutiefst all diesem Suchen in der Meditation zugrunde?

Während ich mir über diese Frage Gedanken machte bei der Vorbereitung meines heutigen Referates, kam eine Anfrage von der Leitung der diesjährigen Basler Psychotherapietage, die vom 8. bis 10. Mai stattfanden, ob ich bereit wäre, die Eröffnungsansprache zu diesem Kongress zu halten. Ich habe zugesagt, weil die Veranstaltung dem Thema „Die Suche nach Glück und Sinn" gewidmet war. Denn schließlich ist die Suche nach Glück und Sinn nicht nur ein Anliegen der Psychotherapeuten, sondern auch der Chemiker, ein Anliegen – oder gar das Hauptanliegen aller Menschen.

Damit ergab sich für mich auch die Antwort auf die eingangs gestellte Frage: Was liegt all dem Suchen in der Meditation zutiefst zugrunde? – Es ist die Suche nach Glück und Sinn.

Ein typischer Fall von Synchronizität: Zwei in keinem Zusammenhang stehende Ursachen führten zu einem sich sinnvoll ergänzenden Ereignis.

„Meditation und sinnliche Wahrnehmung" und „Die Suche nach Glück und Sinn" beinhalten das gleiche Grundthema.

Wenn mit der Suche nach Sinn Sinn in seiner umfassendsten Bedeutung, das heißt, die Suche nach dem Sinn des menschlichen Lebens, gemeint ist, dann kann dieser Sinn schon jetzt hier angegeben werden.

Alle großen Religionen und Philosophien sind im Grunde aus der Suche nach dem Sinn der Schöpfung und unserer menschlichen Existenz hervorgegangen, und sie geben auch eine Antwort auf die alles umfassende Sinnfrage.

Die Antworten, so verschieden voneinander sie sind, enthalten alle ein Glücksversprechen: Das Glück der ewigen Seligkeit im christlichen Himmel, das Glück im sinnenfrohen Paradies des Islam, das irdische Glück der Epikureer.

Vor über 2000 Jahren stellte Aristoteles an den Anfang seiner Nikomachischen Ethik die Frage: Was suchen die Menschen? – und er befand: Sie suchen Glück als höchstes Gut und letztes Ziel.

Zur gleichen Antwort auf die Frage nach dem Sinn des menschlichen Lebens kam auch Thomas von Aquin, die er in dem bekannten Satz formulierte: „Ultima ratio vitae humanae beatitudo est" – der letzte Sinn des menschlichen Lebens ist Glückseligkeit.

Auch bei den Philosophen der Neuzeit geht es letztendlich um die Suche nach Glück und Sinn. Um nur einen der modernen Philosophen zu zitieren, Ludwig Marcuse kommt in der Einleitung seines Buches *Philosophie des Glücks* zum Schluss: „Wer aber auf das Glücklichsein verzichtet, erfüllt sein Dasein nicht."

Was Religionsgründer und Philosophen vom letzten Sinn unseres Daseins sagen – Glück sei Sinn und Endziel unseres Lebens –, muss wahr sein, denn der gegenteiligen Verkündigung – der Sinn unseres Lebens sei, unglücklich zu sein – , könnte wohl niemand beistimmen.

Was ist Glück? Darüber haben sich schon Philosophen des Altertums gestritten, und die Diskussion dauert an. Bücher werden geschrieben und Symposien abgehalten über die Frage, was ist Glück? Die Suche nach Glück dauert an.

Es gibt zwei Bereiche, in denen die Menschen das Glück suchen, im Bereich des Seins oder des Habens, auf spirituellem oder auf materiellem Gebiet.

Heute wird vor allem in der westlichen Welt das Glück hektisch im Haben gesucht, im materiellen Besitz; mit unterschiedlichem Erfolg. Es gibt immer mehr Reiche und Superreiche, aber kaum immer mehr Glückliche; auf der anderen Seite immer mehr arme, gar im Elend lebende Menschen, die meistens sehr unglücklich sind.

Im letzten Buch von Aldous Huxley, *Eiland*, hat ein weiser Regent auf dieser glücklichen utopischen Insel, um eine solche Anballung von Geld und Macht zu verhindern, ein Gesetz erlassen, das verbietet, dass ein einzelner Bewohner mehr als dreimal so viel verdienen darf wie der Durchschnitt. Huxley hat die katastrophale Entwicklung in der heutigen Welt vorausgesehen.

Was hat die Anhäufung von Geld und Macht bei Einzelpersonen oder Konzernen, die keine Verantwortung tragen für das öffentliche Wohl, für einen Sinn? Die Verantwortung für das öffentliche Wohl liegt beim Staat, z.B. die Sorge um die Arbeitslosen. Der Staat hat aber keine Macht in der Wirtschaft, von der das Wohl der Bevölkerung entscheidend abhängt. Verantwortung und Macht driften auseinander, mit katastrophalen Folgen.

Im Zusammenhang mit der Suche nach Glück und Sinn lohnt es sich, über den Unterschied von Besitz, im ursprünglichen Sinn dieses Wortes, und Eigentum nachzudenken, dann wird die tragische Sinnlosigkeit der heutigen Entwicklung noch augenscheinlicher.

Worte sind aus einer unmittelbaren Erfahrung der Wirklichkeit entstanden und beziehen sich auf elementare Gegebenheiten und Tätigkeiten unseres Daseins. Als das Wort „Besitz" in frühen menschlichen Gemeinschaften entstand, meinte Besitz eben nur das, was man persönlich *be-sitzen, be-setzen*, persönlich benutzen konnte, zum Beispiel das Pferd, das man be-sass, oder den Stuhl, auf den man sich setzte.

Seither haben die Worte „Besitz" und „besitzen" einen viel umfassenderen und auch einen symbolhaften Sinn bekommen.

In einer späteren Zeit ist der juristische Begriff „Eigentum" entstanden. "Eigentum" bedeutet die rechtliche Anerkennung und den Schutz von Besitz. Heute werden die Worte Besitz und Eigentum meistens synonym, das gleiche bedeutend, angewendet. Dass sie aber im ursprünglichen Sinn etwas wesentlich Verschiedenes bedeuteten, zeigt sich auch darin, dass es zu Besitz ein Tätigkeitswort, „besitzen", gibt, zu Eigentum aber nicht.

Seit der Einführung des juristischen Begriffes „Eigentum" ist es möglich geworden, mehr Besitz zu erwerben, als man im ursprünglichen Sinn „besitzen", das heisst, persönlich nutzen kann. Mit dieser Möglichkeit wurde der Keim zu einem bedeutenden Teil der menschlichen Tragödie, die durch die Anhäufung von Geld und Macht entsteht, gelegt.

Viel fruchtloses Bemühen, viel Streit, viel Unzufriedenheit würden verschwinden, und entsprechend mehr Gleichmut, Frohsinn und Glück könnten einziehen, wenn man allgemein, sich dieses Unterschiedes bewusst, mehr nach wahrem Besitz als nach Eigentum streben würde.

Was damit gemeint ist, bringt ein chinesischer Aphorismus in knappester Form zum Ausdruck: „Der Herr sagte: 'Mein Garten ...' – und sein Gärtner lächelte."

Der Herr kann mit Recht von seinem Garten sprechen, denn er ist sein Eigentum. Aber vielleicht ist er dort kaum jemals anzutreffen. Oder er geht wohl dort gelegentlich spazieren und zeigt seinem Besuch diese oder jene besonders schöne Pflanze und den neuerstellten Pavillon; aber er hat keine tiefere emotionale Beziehung zu seinem Garten. Für seinen Gärtner hingegen ist dieser Garten das Lebenselement. Er lebt mit ihm und in ihm. Er hat die Bäume gepflanzt, er hat die Blumenbeete hergerichtet, er kennt jede einzelne Blume, jeden Strauch. Er pflegt sie mit Liebe, beobachtet ihr Wachstum, ihr Blühen und Vergehen. Er kennt den Garten in der Frische des Morgentaus; er geht beim Einnachten nochmals durch die Beete, wenn manche Blumen ihren Duft besonders stark verströmen; und in der Mittagshitze verschläft er sein Ruhestündchen gerne im Pavillon. Er liebt diesen Garten von ganzem Herzen. Er ist es, der den Garten von früh bis spät *besetzt* – besitzt, er ist sein wahrer

Besitzer. Es ist sein Garten, und deshalb lächelt er, wenn der Herr sagt: "Mein Garten ..."

Wie dieses Beispiel von Herr und Gärtner, von Eigentümer und Besitzer zeigt, braucht man nicht Eigentümer der Wiesen, Feldern und Wälder zu sein, die man durchstreift, um sich an den Blumen am Wegrand, um sich am Rauschen der Bäume und an allem anderen, was solche Ausflüge für Augen und Ohr noch bieten, freuen zu können.

Wieder zurück zum Thema: „Die Suche nach Glück und Sinn".

Wenn man nach etwas sucht, sollte man eigentlich wissen, was das ist, nach dem man sucht. Glück lässt sich aber wissenschaftlich nicht definieren, es ist ein Letztes, nicht weiter Erklärbares. Glück lässt sich nur umschreiben, als ein besonderer Zustand des menschlichen Bewusstseins. Glück gehört in die Kategorie des Seins. Es ist also nicht etwas, das man haben kann. Was man auf der Suche nach Glück sucht, ist in Wirklichkeit nicht das Glück selbst, sondern man sucht das, von dem man glaubt oder hofft, dass es uns glücklich mache. Die Suche nach Glück ist in Tat und Wahrheit eine Suche nach einer Ursache von Glück.

Was die Ursache von Glück sein könnte oder sein sollte, darüber ist schon seit der Antike diskutiert worden. Augustinus erwähnt 288 Lehrmeinungen, die bereits von einem römischen Enzyklopädisten aufgezeichnet worden sind.

Von den Ansichten über: was ist Glück, oder eben richtiger, über das, was glücklich macht, möchte ich aus unserer Zeit nur eine herausgreifen, jene eines Philosophen, der zwar selber nicht glücklich war, der aber sehr tief über das Wesen der menschlichen Existenz und über das Glück nachgedacht hat, jene von Friedrich Nietzsche. Er schrieb: „Das Glück des Menschen beruht darauf, dass es für ihn eine undiskutierbare Wahrheit gibt."

Früher, in vielleicht glücklicheren Zeiten, galten die Dogmen der Kirchen als undiskutierbare Wahrheiten. Heute sind es die Ergebnisse der Naturwissenschaft, die als undiskutierbare Wahrheiten gelten und die das alte, religiöse Weltbild unglaubwürdig gemacht haben. Die naturwissenschaftlichen Erkenntnisse erwiesen ihre Wahrheit dadurch, dass sie sich praktisch verwenden ließen. Sie bildeten die Basis, auf der sich alle die Technologien und Industrien aufbauten, die zum materiellen Reichtum und Komfort der westlichen Welt geführt haben. Das naturwissenschaftliche, materialistische Weltbild ist zum Mythos unserer Zeit geworden.

Dieses Weltbild ist zwar undiskutierbar wahr, aber es beinhaltet nur die eine Hälfte der Wirklichkeit, nur ihren materiellen, messbaren Teil; alle physikalisch und chemisch nicht fassbaren Dimensionen des Daseins, zu denen die wesentlichen Merkmale des Lebendigen gehören, fehlen. Liebe, Freude, Schönheit, Schöpfergeist, Ethik, Moral sind weder wäg- noch messbar, sind also im materialistischen naturwissenschaftlichen Weltbild nicht vorhanden.

Was uns die naturwissenschaftliche Forschung als undiskutierbare, weltweit gültige Wahrheit und Wirklichkeit erschlossen hat, könnte bei Erkenntnis ihres transzendentalen, religiösen Sinns, in der meditativen Betrachtung und Erleuchtung, zur Grundlage einer neuen universalen Geistigkeit werden.

Naturwissenschaft und mystische Welterfahrung widersprechen sich nicht; im Gegenteil, sie sind komplementär, sie ergänzen sich zur vollen Wahrheit und Wirklichkeit unseres Daseins.

Das möchte ich nun anhand zweier Beispiele aufzeigen.

Jeder höhere Organismus, gleich ob Pflanze, Tier oder Mensch, nimmt seinen Ausgang von einer einzigen Zelle, von der befruchteten Eizelle. Die kleinsten Einheiten des Lebendigen, aus denen sich alle Organismen aufbauen, sind die Zellen. Die naturwissenschaftliche Forschung hat zudem gezeigt, dass die pflanzlichen, tierischen und menschlichen Zellen nicht nur eine gleichartige Struktur aufweisen, sondern dass sie auch eine weitgehend gleiche chemische Zusammensetzung besitzen.

Diese Erkenntnisse sind im Einklang mit der Erfahrung des Mystikers von der Einheit allen Lebens, von der Eingebautheit und Geborgenheit des Menschen in der lebendigen Schöpfung. Franz von Assisi sah die Wahrheit.

Ein weiteres Beispiel bildet der als Photosynthese bezeichnete Prozess. Mit Licht als der ursprünglichen kosmischen Energiequelle und Blattgrün als Katalysator vermag die Pflanze aus Wasser und Kohlensäure organische Substanz, unsere Nahrung, aufzubauen. Wenn im Menschen beim Verdauungsprozess die Nahrung wieder zu Kohlensäure und Wasser abgebaut wird, wird die gleiche Menge

Energie freigesetzt und für den Körper verfügbar, die bei der Photosynthese als Licht aufgenommen wurde. Mit Licht als Energiequelle baut sich auf und erhält sich alles Leben. Auch der Denkprozess des menschlichen Gehirns wird von dieser Energiequelle gespeist, so dass also der menschliche Geist, unser Bewusstsein, die höchste, sublimste energetische Umwandlungsstufe von Licht darstellt.

Wir sind Lichtwesen, das ist nicht nur eine mystische Erfahrung, auf die das Wort Erleuchtung und die Bedeutung des Lichts in vielen Religionen hinweist, sondern auch eine naturwissenschaftliche Erkenntnis.

Licht ist nicht nur die bioenergetische Grundlage allen Lebens auf der Erde, sondern auch das Medium, mit dem der Schöpfer seinen Geschöpfen die Wunder seiner Schöpfung sichtbar macht.

Die Naturwissenschaften haben auch den Mechanismus des Sehvorganges aufgeklärt. Sie haben gezeigt, dass das Bild der bunten, farbigen Welt, so wie wir sie sehen, draußen nicht existiert; der Bildschirm ist in uns, in unserem Bewusstsein. Jeder Mensch trägt also ein eigenes, von ihm selbst geschaffenes Bild der Welt in sich. Durch Sehen, durch Wahrnehmen ergreifen wir Besitz von der Welt, können wir im existentiellen, vorgängig erwähnten Sinn Besitzer der ganzen Welt werden. Meistens jedoch sind im Alltag unsere Sinne, die „Tore der Wahrnehmung“ eingeengt und abgestumpft, und so gehen wir des uns vom Schöpfer zugedachten Besitzes verlustig.

In begnadeten Augenblicken jedoch sehen wir die volle Wahrheit, werden wir der ganzen Pracht und Herrlichkeit der Schöpfung und unseres Eingebautseins in ihr Werden und Sterben im zeitlosen

Sein gewahr. Dann erleben wir das, was Erleuchtete als den Sinn unseres Daseins erkannt haben: Glückseligkeit.

Solches spontanes, beglückendes Erkennen tritt nur selten ein und scheint wenigen Menschen zuzukommen.

Die Fähigkeit des visionären Erlebens muss aber zum Wesen der menschlichen Geistigkeit gehören, sonst könnte es kaum jemals erfahren werden. Für das Angeborensein der Begnadungsfähigkeit spricht auch die Verwandtschaft der Glückseligkeit des Erwachsenen mit dem kindlichen Welterleben.

Die Kinder leben noch im Paradies – „denn ihrer ist das Himmelreich" – sagte DER Erleuchtete.

Die Kinder leben noch in der Ganzheit des Seins, ihr Ich hat sich im Bewusstsein noch nicht vom Du, noch nicht von der Außenwelt abgetrennt, das Ich, das sich im Erwachsenen zur Ichhaftigkeit auswachsen kann, zu Abgetrenntsein, Einsamkeit, Verlorenheit, Ungeschütztsein mit all ihren unglückbringenden Folgen für das Einzelschicksal.

Die dualistische, titanenhafte Einäugigkeit, die nur noch das vom Menschen Gemachte sieht und als die eigentliche Wirklichkeit anerkennt, ist die Grundursache der heutigen, weltweiten ökologischen, ökonomischen, sozialen und geistigen Probleme und Krisen. Es wäre sinnlos und dumm, wenn man die Wirklichkeit von all dem, was man täglich erlebt und durch die Massenmedien zu hören und zu sehen bekommt, bestreiten würde.

Es stellt aber, wie schon gesagt, nur die Hälfte der Wirklichkeit dar. Was heute daher dringend notwendig, not-wendend ist, ist ein heller, klarer, unverstellter Blick, durch den wir der Ganzheit der Welt, der Schöpfung und unseres Eingebautseins in ihr, wieder gewahr werden.

Als Hilfsmittel, um die Fähigkeit des visionären Erlebens zu erlangen, sind die verschiedenen Methoden von Meditation entwickelt worden, Yoga, Fasten, Atemübungen, Isolation, usw. Besonders wirkungsvoll lässt sich die Meditation durch die Anwendung von entheogenen Drogen gestalten, denn die pharmakologische Wirkung dieser Psychopharmaka besteht in einer enormen Steigerung der Sinnesempfindungen, vor allem des Sehens und Hörens und in einer Veränderung des Bewusstseins im Sinne einer Erweiterung und Steigerung der Sensibilität.

Weil dadurch die Höhen und Tiefen des Seins in ungewohnter Intensität erlebt werden, besteht die Gefahr, dass das Erlebte nicht sinnvoll ins Bewusstsein integriert werden kann.

Der Gebrauch entheogener Drogen ist daher in alten Kulturen stets in einen religiös-zeremoniellen Rahmen eingebaut worden. Dann kann das Erlebnis zu dem werden, wonach der Mensch seit jeher im Tiefsten sucht, zur *unio mystica* und der damit verbundenen Glückseligkeit.

Wem einmal im begnadeten Augenblick die Augen, das äußere und innere Auge, aufgegangen sind, der vermag auch im Alltagsbewusstsein des Wunders der Schöpfung gewahr zu sein.

Die Griechen des Altertums nannten die Schöpfung *Kosmos*, das heißt, „Juwel“. Die Welt war vom Menschen noch nicht verschmutzt worden. Heute erleben wir unsere Welt als Juwel nur noch aus kosmischer Sicht, das Bild, das uns die Weltraumforschung geschenkt hat, der im Sonnenlicht blau leuchtende Planet, in der Unendlichkeit des Alls schwebend, auf seiner seit Urzeiten vorgezeichneten Bahn.

Wer offene Augen hat, sieht, dass auf diesem wunderbaren Raumschiff trotz vieler Zerstörung ursprüngliches Leben immer noch vorhanden ist: die geheimnisvolle Welt der Ozeane, die begrünten Kontinente und die Schönheit ihrer wundervollen Geschöpfe der Pflanzen und Tierwelt.

Aber meistens schauen wir mit trüben Augen und mit durch Gewohnheit abgestumpften Sinnen in die Welt, erkennen nur noch den von Menschenhand geschaffenen Teil der Wirklichkeit, und suchen in ihr, wie in einem selbst angefertigten Mandala, Glück und Sinn.

Schauten wir doch besser in den Kelch einer Blume, einer Blüte, die an Vollkommenheit und Schönheit alles von Menschen Erzeugte tausendmal übertrifft, denn sie ist mit Leben erfüllt; vom gleichen Leben, wie der Schauende; und beide, der Schauende und das Beschaute, als Manifestationen des einen, gleichen Schöpfergeistes.

Zum Abschluss noch eine kurze Betrachtung über das Sehen, das in unserer Welterfahrung eine so große Rolle spielt. Dazu zwei Zitate:

Von Augustinus stammt der Satz: „Unser ganzer Lohn ist: Sehen.“ Und Goethe bekannte: „Zum Sehen geboren, zum Schauen bestellt.«

Am Sehen lassen sich bis zur Entwicklung zum Schauen verschiedene Stufen unterscheiden.
Den Anfang bildet das bloße Wahrnehmen eines Objektes, ohne dass dieses unser Interesse weckt.

Die zweite Stufe besteht darin, dass das Objekt unsere Aufmerksamkeit auf sich zieht.
In der dritten Stufe wird das Objekt genauer betrachtet und untersucht. Hier beginnt das Denken und die wissenschaftliche Erforschung.

Die höchste Stufe des Sehens, der Beziehung ganz allgemein zu einem Objekt und zur Außenwelt überhaupt, ist dann erreicht, wenn die Grenze zwischen Subjekt und Objekt, zwischen Betrachter und Betrachtetem, zwischen mir und der Außenwelt bewusstseinsmässig aufgehoben ist, wenn ich mit der Welt und ihrem geistigen Urgrund eins geworden bin. Das ist der Zustand der Liebe.

Vortrag, gehalten an der Jahrestagung des Europäischen Collegiums für Bewusstseinsstudien (ECBS) am 30. Mai 1997 in Leipzig.

Anwendung von Psychedelika vor dem großen Übergang

Der Gedanke, Psychedelika könnten bei Sterbenden angewendet werden, ist zum erstenmal von einer Frau vorgebracht worden. In einem Bericht im amerikanischen Magazin *This Week* im Jahr 1957 über die Erforschung der mexikanischen Zauberpilze schrieb Frau Dr. Valentina P. Wasson, die Frau des bekannten Ethnomykologen R. Gordon Wasson, wenn es gelänge, die psychoaktiven Wirkstoffe dieser Pilze zu isolieren, hätte man ein Medikament in Händen, das nicht nur zur Behandlung von psychischen Störungen und von Alkoholismus, sondern auch zur Linderung der Schmerzen von Sterbenden dienen könnte.

Die nächste Anregung für die Anwendung eines Psychedelikums am Sterbebett stammt vom Schriftsteller und Philosophen Aldous Huxley. In einem Brief an den britischen Psychiater Humphry Osmond schrieb er 1958: "... a project, the administration of LSD to terminal cancer cases, in the hope that it would make dying a more spiritual, less strictly physiological process."

In seinem letzten, 1962 erschienenen Roman *Island* schreibt Huxley von der *moksha medicine* (sanskrit *moksha* = „Befreiung, Erleuchtung"), die aus einem Pilz gewonnen wird. Auf der Insel Pala, auf der sich dieser utopische Roman abspielt und wo sich aus Elementen östlicher Weisheit und westlicher Zivilisation eine hohe Kultur entwickelt hat, wird die Moksha-Medizin dreimal im Leben verabreicht: bei den Initiationsriten beim Eintritt ins Erwachsenenalter, in den Krisen des mittleren Alters und am Sterbebett.

Als Aldous Huxley am 22. November 1963 krebskrank im Sterben lag, verlangte er nach der Moksha-Medizin, die ihm seine Frau Laura in Form von 0,1 mg LSD i.m. verabreichte.

Unabhängig von der Anregung von Frau Wasson und dem Vorbild von Aldous Huxley kamen zu Beginn der 60er Jahre an der Chicago Medical School Untersuchungen über die Anwendung von LSD bei Schwerkranken in Gang. Dort waren Eric Kast und Mitarbeiter auf der Suche noch einem wirksamen Mittel zur Linderung schwerster Schmerzzustände auf die Idee gekommen, auch LSD in ihr Forschungsprogramm aufzunehmen, weil bekannt war, dass dieser Stoff Veränderungen im Körperempfinden hervorruft. In einer 1964 veröffentlichten Studie berichten Kast und Collins über ihre Befunde beim Vergleich von LSD mit Demerol und Dilaudid als Schmerzmittel bei schwersten Schmerzzuständen. Sie stellten in vielen Fällen eine Überlegenheit von LSD fest und machten zusätzlich die Beobachtung, dass einzelne Patienten eine auffallende Nichtbeachtung der Schwere ihres Gesundheitszustandes an den Tag legten. In einer weiteren 1966 publizierten Studie untersuchten sie dann speziell diese Wirkungen von LSD bei Krebskranken mit nur noch kurzer Lebenserwartung, die von ihrer Diagnose Kenntnis hatten. Neben der Schmerzlinderung wurde eine Verringerung der Angst vor dem Sterben, oft das Auftreten von *happy oceanic feelings* und eine abgeklärte religiöse Einstellung gegenüber dem bevorstehenden Sterben beobachtet.

Eric Kast muss als Pionier in der medizinischen Anwendung von LSD als Schmerzmittel und Psychopharmakon bei Sterbenden anerkannt werden, wenn man seinen Untersuchungen auch gewisse Mängel in wissenschaftlich- methodischer Hinsicht nachsagen kann.

Inspiriert durch die Kast'schen Publikationen führte Sidney Cohen, ein erfahrener LSD-Psychoanalytiker und Psychotherapeut in Los Angeles, Untersuchungen mit LSD an Krebskranken durch. Er konnte die Kast'schen Befunde im Großen und Ganzen bestätigen und gab der Hoffnung Ausdruck, es könnte eines Tages mit Hilfe von LSD eine eigentliche Technik zur Veränderung des Sterbeerlebnisses geschaffen werden.

Die umfassendsten methodisch ausgebauten Untersuchungen über die Anwendung von Psychedelika wurden anschließend im Maryland Psychiatric Research Center am Grove State Hospital in Maryland durchgeführt. Leiter und Begründer des Projekts, das dort 1967 seinen Anfang nahm, war Walter Pahnke. Zum Team gehörten Stanislav Grof, der schon vorher in seiner Heimat Prag mit LSD gearbeitet hatte, dann Albert Kurland, der administrative Direktor des Research Centers, ferner die Psychiater und Psychologen Charles Savage und Sanford Unger. Das Projekt gliederte sich in drei Teile:

1. Eine eingehende psychische Untersuchung anhand eines speziell entwickelten Persönlichkeitstests, verbunden mit gründlicher geistiger Vorbereitung des Patienten unter Einbezug der Angehörigen.

2. Der Einstieg. Es wurden hohe Dosen von LSD, 200 bis 600 Mikrogramm, später gelegentlich auch 90 bis 150 Milligramm Dipropyltryptamin (DPT) angewandt, um ein psychedelisches Gipfelerlebnis zu provozieren. Vorsichtige Betreuung des Patienten und Begleitung mit ausgewählter Musik.

3. Psychiatrische Verarbeitung des Erlebten und Auswertung anhand spezieller Tests.

Die Kranken wurden am Sinai Hospital in Baltimore ausgewählt, alles Krebskranke mit einer Lebenserwartung von mindestens drei Monaten, um die wissenschaftliche Auswertung der Psychedelika-Behandlung zu ermöglichen. Meistens wurde nur eine einmalige Behandlung angewandt, nur in wenig Fällen wurde die Behandlung wiederholt. Die Auswirkungen der LSD-, bzw. DPT-Behandlung waren individuell äußerst unterschiedlich und auch in der Art sehr variierend und komplex. Sie umfassten Verringerung von Depression und Angst, Schmerzlinderung manchmal Wochen andauernd, vor allem aber oft eine neue Einstellung zu Leben und Tod, Aussöhnung mit den Unzulänglichkeiten des vergangenen Lebens und Erwachen eines meist unorthodoxen religiösen Glaubens, verbunden mit einer furchtlosen Einstellung zum bevorstehenden großen Übergang. Neben den Patienten, bei denen diese positiven Effekte in verschiedener Stärke festgestellt wurden, gab es auch solche, bei denen die Psychedelika-Behandlung erfolglos blieb.

Stanislav Grof, der nach dem tragischen Tod von Walter Pahnke 1971 das Grove Projekt leitete, hat zusammen mit der Anthropologin Joan Halifax, die ebenfalls am Projekt mitarbeitete, die Resultate dieser groß angelegten Untersuchung in der Monographie *The Human Encounter with Death* (E.P. Dutton, New York, 1977) publiziert. Dort findet man auch den Zugang zur Originalliteratur der vorangegangenen, hier kurz besprochenen Untersuchung.

Die Untersuchungen am Spring Grove Hospital zeichnen sich durch große Wissenschaftlichkeit aus. Durch sie ist belegt worden, dass der physische und psychische Zustand von Todkranken vor dem Sterben durch Psychedelika-unterstützte psychotherapeutische Betreuung in vielen Fällen verbessert werden kann. Das berechtigt zur Hoffnung, dass auch der eigentliche Übergang ins andere

Land, von dem kein Wanderer je wiederkehrte, erleichtert und vergeistigt werden kann. Doch darüber gibt es keine Protokolle und ausgefüllte Fragebögen. Jeder stirbt für sich allein, und man kann von jenem anderen Sein nicht in unsere irdische Wirklichkeit zurück Bericht erstatten, ob das Sterben selbst unter Wirkung von Psychedelika ein besseres Sterben ist.

Der Entschluss, die Moksha-Medizin zu nehmen, bleibt also ein Wagnis, für das sich jeder einzelne Mensch aus seiner Weltanschauung, aus seinem Ahnen und Hoffen, aus seinem Glauben heraus selbst entscheiden muss.

Vortrag, gehalten am 2. Symposium des Europäischen Collegiums für Bewusstseinsstudien (ECBS), 1987 in Kandern (D).

Literatur

Grof, Stanislav & Halifax, Joan, *Die Begegnung mit dem Tod,* Stuttgart: Klett-Cotta, 1980.

Huxley, Aldous, *Moksha: Auf der Suche nach der Wunderdroge*, München: Piper, 1983.

Huxley, Aldous, *Eiland*, München: Piper, 1984.

Huxley, Laura, *This Timeless Moment: A Personal View of Aldous Huxley*, Millbrae, CA: Celestial Arts. 1975.

Albert Hofmann, 1995: *50 Jahre LSD,* Jahrbuch des Europäischen Collegiums für Bewusstseinsstudien 1993/1994

Licht - **L**iebe - **L**eben

Die Evolution in drei Worten:
Licht der Sonne als Urenergie,
weckt und erhält
auf der Erde das Leben,
dessen höchste Entfaltung
die Liebe ist.

Albert Hofmann – Der Grenzgänger

Welch Glück und besondere Gunst des Schicksals, wenn ein Mensch mit all seinen funktionierenden Sinnen ein solch hohes Alter erlebt. Albert Hofmann war sich dessen bewusst – und zwar in jedem Augenblick seines Daseins. Der Ort, an dem er lebte, die Rittimatte bei Burg im Leimental, war in seinen Worten ausgedrückt „ein Paradiesgarten“, den er vor rund 35 Jahren bei seiner Pensionierung selbst ausgewählt und mit seiner Frau Anita gestaltet hatte. „Neben dem LSD war das meine zweitgrößte Entdeckung“, sagte er oft.

Viele Persönlichkeiten der Zeitgeschichte haben ihn hier besucht und waren tief von ihm und dem Ort berührt. Albert und Anita waren zuvorkommende Gastgeber: Zum vereinbarten Zeitpunkt war alles bereitgestellt, Kaffee und Kuchen standen schon auf dem Tisch. Natürlich durfte der von ihm selbst hergestellte ‚Eau de Vie', der ‚Spirit' der Rittimatte, nicht fehlen.

Die Geschenke aus seinem Garten, Früchte wie Pflaumen und Kirschen, hat Albert bis vor einigen Jahren selbst gepflückt. Wenn im Frühling die Dutzende selbst gepflanzten Kirschbäume blühten, beglückte ihn das jedes Jahr aufs Neue.

Schade, dass Albert diesen Moment nicht mehr hat erleben können; er hatte sich sehr darauf gefreut.

Seine Wahrnehmung – oder wie er selber sagte: „Was der Mensch für wahr nimmt" – war einzigartig; sein offener Blick, sein feines Gehör und seine besondere Freude an den Wundern der Natur, und seien es noch so kleine Juwelen, waren einzigartig. Obwohl Albert den Weg zu „seinem Bänkli" am Waldrand der Rittimatte bestens kannte, beim Grenzstein zu Frankreich – auch in dieser Hinsicht war er ein Grenzgänger – brachte jeder Spaziergang zu diesem Ort für ihn immer wieder neue Entdeckungen: „Guck dir diese phantastische Blume an. Diese Blüte! Ein Wunder der Natur! Schau dir da diesen wunderschönen Schmetterling an." Albert war ein Augenmensch, wie er sich selbst beschrieb. In einem Gedicht hält er fest:

„Die höchste Stufe des Sehens ist Liebe. Liebe ist die höchste Stufe des Sehens."

Die Weisheit wächst bei manchen Menschen mit dem Alter. Im Fall von Albert traf das in besonderem Maße zu. Bei jeder Begegnung mit ihm konnte man das Phänomen einer zeitlosen Jugendlichkeit erleben, die sich im Verlaufe des Beisammenseins offenbarte: leuchtende Augen, aus denen ein quicklebendiger, wacher und humorvoller Geist in die Welt blickte, der zugleich scharf beobachtete, was er sah. Seine tiefe Verbundenheit mit der Schöpfung, mit der Natur, den Tieren und Menschen sprang bei jeder Begegnung wie ein Funke über und beschenkte einen mit einem Gefühl höchster Lebensfreude. Noch zwei Wochen vor seinem Tod war er zum Ohrenarzt gegangen. Nicht weil es ihm schwer fiel, Gespräche zu verstehen, sondern weil er den Gesang der Vögel nicht in allen Nuancen hören konnte.

Beim letzten gemeinsamen Spaziergang an den Grenzstein rund drei Wochen vor seinem Tod besuchten wir die letzte Ruhestätte seiner geliebten Frau Anita, die an Weihnachten kurz zuvor verstorben war. Mit seiner charakteristischen Leichtigkeit des Seins und seiner Klarheit im Umgang mit der Realität meinte Albert: „Schön, bald werde ich auch hier sein und diese wunderschönen Sonnenuntergänge genießen.“ Einen kurzen Moment war Albert nachdenklich, in sich gekehrt, ohne in sentimentale Gefühle abzugleiten. Er selbst drückte dies in einem seiner Gedichte so aus:

„Das Leben bejahen heißt auch den Tod bejahen, denn beide sind im Sein untrennbar vereint.“

Roger Liggenstorfer

Erschienen als Nachruf im „Tages-Anzeiger“ vom 2. Mai 2008.

Das Leben ist ein Hinweis auf das Ewige

Bücher von Albert Hofmann

Hofmann A.: *Die Mutterkornalkaloide.* Stuttgart 1964, Solothurn 2000

Hofmann A.: *LSD – Mein Sorgenkind.* Stuttgart 1979, München 1999.

Hofmann A.: *Einsichten – Ausblicke.* Basel 1986. Erweiterte und überarbeitete Ausgabe, Solothurn 2003

Hofmann A.: *Lob des Schauens.* Privatdruck. Burg 1996, Solothurn 2002

Wasson R.G., Ruck C.A.P., Hofmann A.: *Der Weg nach Eleusis. Das Geheimnis der Mysterien*, Frankfurt am Main 1984

Schultes R.E., Hofmann A.: *Pflanzen der Götter. Die magischen Kräfte der Rausch- und Giftgewächse.* Bern, Stuttgart 1980. Überarbeitete und ergänzte Neuauflage, Aarau 1998

Ergänzung, nicht Ausschluss

Was ist wahr, das Bild der Wirklichkeit,
das uns die Naturwissenschaften erschließen,
oder jenes, das der Mystiker in seiner Schau erlebt?
So kann man nur fragen, wenn man meint
– und das ist wohl die allgemein vorherrschende Meinung –
Naturwissenschaft und mystische Welterfahrung
würden sich erkenntnismäßig ausschließen.
Das ist aber nicht der Fall. Im Gegenteil,
Naturwissenschaft und mystische Welterfahrung
ergänzen sich.

Aus: *Naturwissenschaft und mystische Welterfahrung,*
Jahrbuch für Ethnomedizin und Bewusstseinsforschung 1, 1992, S.9

Der Autor

Albert Hofmann wurde am 11. Januar 1906 in Baden AG geboren. Nach einer kaufmännischen Lehre und der Matura studierte er Chemie an der Universität Zürich, promovierte mit Auszeichnung und trat 1929 als Dreiundzwanzigjähriger in die pharmazeutisch-chemischen Forschungslaboratorien der Firma Sandoz in Basel ein. Dort befasste er sich zunächst mit der Strukturaufklärung der Inhaltsstoffe der weißen Meerzwiebel. Ab 1935 wandte er sich den Mutterkornalkaloiden zu. 1938 isolierte er den Grundbaustein aller therapeutisch bedeutsamen Mutterkornalkaloide, die Lysergsäure, und erforschte die Wirkungen der Lysergsäure-Derivate. Aus diesen Untersuchungen gingen wertvolle Medikamente hervor, unter anderem das kreislauf- und blutdruckstabilisierende Dihydergot, das gebärmutterkontrahierende und blutstillende Methergin oder das durchblutungsfördernde Geriatrikum Hydergin.

Im April 1943 entdeckte Albert Hofmann die halluzinogene Wirkung des LSD. Seine Entdeckung machte den Forscher in der internationalen Fachwelt berühmt. Zur Forschung, die danach weltweit einsetzte, trug er mit eigenen Studien wesentlich bei. So gelang es ihm 1958 als erstem, aus den mexikanischen Zauberpilzen (*Psilocybe mexicana*) die psychoaktiven Wirkstoffe Psilocybin und Psilocin zu isolieren. Seine Forschungsarbeit begleiteten zahlreiche wissenschaftliche Publikationen und Bücher („LSD - mein Sorgenkind", „Einsichten - Ausblicke" u.v. a.)

Bis zu seiner Pensionierung 1971 blieb Hofmann bei Sandoz tätig, zuletzt als Leiter der Forschungsabteilung für Naturheilmittel. Danach widmete er sich verstärkt dem Schreiben und Vortragen. Die Eidgenössische Technische Hochschule Zürich, die Universität Stockholm und die Freie Universität Berlin verliehen ihm Ehrendoktorwürden, er wurde ins Nobelpreiskomitee berufen. Anlässlich seines 100. Geburtstags fand vom 13. bis 15. Januar 2006 in Basel das Symposium „LSD - Sorgenkind und Wunderdroge" statt. Albert Hofmann starb im Alter von 102 Jahren am 29. April 2008 in Burg im Leimental an den Folgen eines Herzinfarkts.

Ist es nicht wunderbar,

dass wir nicht wissen,

woher wir kommen,

wohin wir gehen?

Das Wissen

würde das Wunder

zerstören.

Dieter Hagenbach/Lucius Werthmüller

Albert Hofmann und sein LSD

Ein bewegtes Leben und eine bedeutende Entdeckung

- Die Geschichte des LSD und seines Entdeckers
- Albert Hofmann wurde 2007 zum "grössten lebenden Genie" gekürt.
- Wissenschaftsgeschichte, Bewusstseinsförderung und Psychedelik.

Albert Hofmann ist zweifellos der bekannteste Chemiker des 20. Jahrhunderts, und seine Entdeckung des LSD hatte einen prägenden Einfluss auf Wissenschaft, Gesellschaft und Kultur.

Die psychedelische Wirkung der geheimnisvollen Substanz hatte Hofmann 1943 bei einem Selbstversuch auf seiner legendären Fahrradfahrt erfahren.

Seine Biografie nimmt uns mit auf eine Reise durch das 20. Jahrhundert: Von seinen mystischen Naturerlebnissen als Kind bis zu seiner Entdeckung von LSD und Psilocybin bei der Firma Sandoz in Basel, von seinen abenteuerlichen Reisen bis zu seinem langen Lebensabend, der geprägt war von der Hinwendung zur Naturphilosophie und einem überaus reichen sozialen Leben.

Die Autoren erzählen die bewegte Geschichte des LSD, das nach seiner Entdeckung Gegenstand zahlreicher klinischer Studien, aber auch obskurer Experimente wurde. Sie zeichnen nach, wie das LSD in den sechziger Jahren zum Treibstoff der amerikanischen Jugend- und Hippiebewegung wurde und den Boden für innovative Therapieformen bereitete.

Albert Hofmann - ein aussergewöhnlicher Mensch, Mystiker und Forscher, der sich seine Offenheit, Neugier und Liebe zur Schöpfung bis zu seinem letzten Atemzug im Alter von 102 Jahren bewahrt hat.

Die Autoren

Dieter Hagenbach

1943 in Basel geboren, Studium der Kunst und Architektur. Gründer des Sphinx Verlags und der Gaia Media Stiftung. Er lernte Albert Hofmann Mitte der siebziger Jahre kennen und blieb bis zu seinem Tod mit ihm befreundet. 1983 veröffentlichte er sein Buch »Einsichten - Ausblicke«.

Lucius Werthmüller

1958 in Basel geboren, Bewusstseinsforscher und Parapsychologe. Präsident des Basler Psi-Vereins. Albert Hofmann lernte er schon als Kind kennen, da seine Eltern mit ihm befreundet waren, und blieb ihm bis an sein Lebensende verbunden.

Gebunden mit Schutzumschlag
406 Seiten
150 Abbildungen
978-3-03800-530-8

A T VERLAG www.at-verlag.ch

NACHTSCHATTEN VERLAG
Kronengasse 11 • Postfach 448 • CH-4502 Solothurn
Telefon 0041 32 621 89 49 • Telefax 0041 32 621 89 47
info@nachtschatten.ch • www.nachtschattenverlag.ch

Bröckers Mathias/Liggenstorfer Roger (Hrsg.)
Albert Hofmann und die Entdeckung des LSD - Buch
Auf dem Weg nach Eleusis
ISBN 978-3-03788-241-2
180 Seiten, zahlreiche Abbildungen, Format 17,5x24,8 cm, kartoniert

Bröckers Mathias/Liggenstorfer Roger (Hrsg.)
Albert Hofmann und die Entdeckung des LSD - Hörbuch
ISBN 978-3-03788-182-8
Audio-CD, Spieldauer: 73 min.

Bröckers Mathias/Liggenstorfer Roger (Hrsg.)
Albert Hofmann und die Entdeckung des LSD - Set
ISBN 978-3-03788-240-5
Buch + Hörbuch im Set

Hofmann Albert
Einsichten - Ausblicke
„Der Kern meiner Weltanschauung" (A. Hofmann)
ISBN 978-3-03788-157-6
gebunden, Pappband, 158 Seiten
Format 11,5 x 17,5 cm

Bröckers Mathias/Liggenstorfer Roger (Hrsg.)
Hofmanns Reisen - Hörbuch
Innere und äussere Reisen des LSD-Entdeckers
ISBN 978-3-03788-201-6
Audio-CD, Spieldauer: 73 min

Hofmann Albert
Lob des Schauens
ISBN 978-3-907080-84-9
26 Farbseiten, Format 18.2 x 18.5
Hardcover mit Schutzumschlag

Weitere Bücher und Hörbücher von Albert Hofmann unter **www.nachtschatten.ch/hofmann**